SVLTO

Martas Dackel rast wie immer vor Eifersucht, jault, inzwischen jault auch Marta im Bett, der Dackel beißt in den Gasschlauch. Luigi Malerba *Nonita. Unruhe meiner Nächte. Werde ich dich je wiedersehen? Ich heiße Umberto Umberto.* Umberto Eco *Das Gespräch belebte sich jedoch, als sich herausstellte, daß auch die Frau aufgehört hatte, den Herrn zu lieben, genau vor einer Stunde und vierzig Minuten.* Giorgio Manganelli *... Und wenn ich sage »sterbensverliebt« – fuhr Qfwfq fort – dann meine ich etwas, von dem ihr keine Ahnung habt.* Italo Calvino

Dieser Band sammelt (veröffentlichte wie auch unbekannte) Erzählungen der bedeutendsten italienischen Autoren der Gegenwart zu einem Thema, von dem der Latin Lover nach landläufiger Meinung viel versteht, der Liebe.

Die hier vereinigten Erzählungen geben dieser Meinung recht, wenn auch nicht ihrer landläufigen Interpretation. Sie zeigen zwar, wie unbestritten die Liebe das Leben in Italien bestimmt, wie selbstverständlich mit ihr umgegangen wird, wie sehr ihre Absurditäten belacht, erlitten und gefeiert werden, sie zeigen aber auch, wie heftig sie oft mit gesellschaftlichen Vorstellungen oder Einrichtungen sich in die Haare gerät.

Italienische

Liebes

geschichten

Herausgegeben von
Klaus Wagenbach

Verlag Klaus Wagenbach Berlin

Inhalt

GIORGIO MANGANELLI

Zwanzig Minuten

Ein Herr liebte eine junge Frau drei Tage lang wahnsinnig und wurde während einer etwa entsprechenden Zeitspanne wiedergeliebt. Er begegnete ihr zufällig am vierten Tag, als er seit zwei Stunden aufgehört hatte, sie zu lieben. Anfänglich war es eine etwas peinliche Begegnung; das Gespräch belebte sich jedoch, als sich herausstellte, daß auch die Frau aufgehört hatte, den Herrn zu lieben, genau vor einer Stunde und vierzig Minuten. Die Entdeckung, daß ihre wahnsinnige Liebe in jedem Fall eine Sache der Vergangenheit war und sie voraussichtlich aufhören würden, sich mit törichten, schmerzlichen und unvermeidlichen Fragen zu quälen, versetzte den Mann und die Frau zunächst in eine gewisse Euphorie, und es schien ihnen, daß sie sich jetzt mit den Augen der Freundschaft sähen. Aber die Euphorie war von kurzer Dauer. Denn die Frau erinnerte sich an jene zwanzig Minuten Unterschied: sie hatte den Herrn noch zwanzig Minuten weitergeliebt, als er bereits – so gestand er – aufgehört hatte, sie zu lieben. Für die Frau war das ein Grund für Bitterkeit, Frustration und Groll. Er bemühte sich, ihr zu zeigen, daß die zwanzig Minuten als Offenbarung ihrer affektiven Standhaftigkeit zu werten wären, die sie als moralisch höher stehend auswies. Sie gab zurück, daß ihre Standhaftigkeit außer Frage stünde, in diesem Fall aber von jemandem mißbraucht worden sei, der sie mit Schande bedeckt habe, und zwar kalt und berechnend. Aufgrund jener zwanzig Minuten, in denen sie, die liebte, nicht wiedergeliebt wurde, tat sich ein Abgrund zwischen ihnen auf, den nichts wieder schließen konnte. Sie hatte einen Luftikus und einen Lüstling geliebt – eine Schmach, für die er in diesem und im jenseitigen Leben würde büßen müssen. Er versuchte ihr zu bedeuten, daß das Problem, zumal sie sich nicht mehr liebten, als überwunden betrachtet werden könnte – jedenfalls aber als eines, das keinen Anlaß mehr für bittere Überlegungen bot. Er sagte dies jedoch mit einer gewissen Lebhaftigkeit, die gleichzeitig Angst und Unwillen verriet. Die Frau antwortete, daß das Ende ihrer Liebe wahrlich keinen Trost darstelle, sondern nur den Beweis dafür, daß da etwas Frevelhaftes leichtfertig begangen wurde, und daß sie jetzt die Narben davontrüge. Er lachte kurz auf, ohne Herzlichkeit.

In diesem Augenblick entstand zwischen den beiden ein großer Haß – ein pedantischer und überwältigender Haß. In gewisser Weise fühlten beide, daß jene zwanzig Minuten Unterschied tatsächlich etwas Schreckliches waren, und daß etwas geschehen war, was das Leben – wenigstens für einen von ihnen – unmöglich machte. Sie beginnen nun zu denken, daß sie für einen dramatischen Tod bestimmt sind, einen gemeinsamen, wie sie ihn sich während ihrer wahnsinnigen Liebe fieberhaft erträumten.

ANTONIO TABUCCHI

Die Frau von Porto Pim

Ich singe jeden Abend, denn dafür werde ich bezahlt, aber die Lieder, die du gehört hast, waren *pesinhos* und *sapateiras* für die durchreisenden Touristen und die Amerikaner, die da hinten sitzen und grölen und die bald gehen werden, obwohl sie sich kaum mehr auf den Beinen halten können. Eigentlich kenne ich nur vier *chamaritas*, denn mein Repertoire ist sehr klein, und außerdem bin ich schon fast ein Greis, und außerdem rauche ich zuviel und habe eine heisere Stimme. Ich muß diesen *balandrau*, wie er früher einmal auf den Azoren üblich war, tragen, denn die Amerikaner mögen das Malerische, und dann fahren sie nach Texas zurück und erzählen, daß sie in einer Kneipe auf einer einsamen Insel waren, wo ein Greis mit einem altmodischen Umhang die Lieder seines Volkes sang. Sie wünschen sich »viola de arame«, das die Stimmung eines melancholischen Volksfests hat, und ich singe ihnen kitschige *modinhas* vor, in denen der Reim immer gleichbleibt, aber sie verstehen ohnehin nichts, und wie du siehst, trinken sie Gin Tonic. Aber was suchst du eigentlich hier, Abend für Abend? Du bist neugierig und suchst irgendetwas anderes, denn es ist nun das zweite Mal, daß du mich zum Trinken einlädst, du bestellst *Cheiro* – Wein, als wärst du einer der unsrigen, du bist ein Fremder und tust so, als würdest du sprechen wie wir, aber du trinkst wenig, und außerdem schweigst du und wartest darauf, daß ich zu sprechen beginne. Du hast gesagt, du bist Schriftsteller, und vielleicht hat dein Handwerk etwas mit dem meinen zu tun. Alle Bücher sind dumm, kein Funken Wahrheit darin, und dennoch habe ich in den letzten dreißig Jahren eine Menge gelesen, ich hatte nichts anderes zu tun, ich habe auch viele italienische Bücher gelesen, natürlich in Übersetzung, am besten hat mir eines von einer gewissen Deledda gefallen, das »Canaviais no vento« hieß, kennst du es? Aber du bist jung und dir gefallen die Frauen, ich habe gesehen, wie du diese wunderschöne Frau mit dem langen Hals angesehen hast, den ganzen Abend lang, ich weiß nicht, ob du mit ihr zusammen bist, auch sie hat dich angesehen, es wird dir vielleicht seltsam erscheinen, aber das Ganze hat etwas in mir wachgerufen, wahrscheinlich habe ich zuviel getrunken. Ich habe im Leben immer von allem zuviel genommen, und das ist ein Fluch, aber wenn man so beschaffen ist, läßt sich nichts machen.

Vor unserem Haus war eine *stafona*, wie wir das auf unserer Insel nennen: eine Art Eimerwerk, das sich im Kreis dreht, heute gibt es so etwas nicht mehr, ich spreche von einer Zeit, die lange vergangen ist, du warst damals noch nicht auf der Welt. Wenn ich daran denke, höre ich noch immer das Knirschen, das ist eines der Geräusche meiner Kindheit, das mir in Erinnerung geblieben ist. Meine Mutter schickte mich mit einem Krug zum Wasserholen, und um die Mühe erträglicher zu machen, sang ich während des Schöpfens ein Schlaflied, und manchmal schlief ich auch tatsächlich ein. Hinter dem Schöpfwerk war eine niedrige, weiß gekalkte Mauer, und dahinter ein Steilabhang, und darunter war das Meer. Wir waren drei Brüder, und ich war der jüngste. Mein Vater war ein bedächtiger Mann, mit knappen Gesten und Worten, seine Augen waren so hell wie Wasser, und sein Boot hieß »Madrugada«, genauso wie das Haus meiner Mutter. Mein Vater war – wie auch sein eigener Vater – Walfänger, aber in einer bestimmten Zeit des Jahres, in der die Wale nicht vorbeiziehen, machte er Jagd auf Muränen, und wir und meine Mutter begleiteten ihn. Heute ist das nicht mehr üblich, aber in meiner Kindheit gab es einen Brauch, der zum Fischfang gehörte. Muränen werden am Abend, wenn der Mond aufgeht, gefangen, und um sie anzulocken, sang man ein wortloses Lied: es war ein Gesang, eine zuerst leise und schwache und dann plötzlich durchdringende Melodie, nie wieder habe ich einen derart herzzerreißenden Gesang gehört, er schien aus den Tiefen des Meeres zu kommen, oder von Seelen, die sich in der Nacht verirrt hatten, es war ein Gesang so alt wie unsere Inseln, heute kennt ihn keiner mehr, er ist verlorengegangen, und vielleicht ist es auch besser so, denn er brachte einen Fluch über mich, ein übles Geschick, wie ein Zauber. Mein Vater fuhr in der Nacht mit dem Boot hinaus, er bewegte die Ruder ganz leise und hielt sie senkrecht, um keinen Lärm zu machen, und wir, meine Brüder und meine Mutter, saßen indessen auf dem Kliff und begannen zu singen. Manchmal schwiegen die anderen und ließen mich allein den Lockruf singen, denn sie sagten, meine Stimme wäre so melodiös wie keine andere, und die Muränen könnten ihr nicht widerstehen. Ich glaube nicht, daß ich eine schönere Stimme hatte als die anderen: Sie wollten nur deshalb, daß ich allein singe, weil ich der jüngste war und die Muränen angeblich klare Stimmen lieben. Vielleicht war es ein unbegründeter Aberglaube, aber das ist egal.

Dann wurden wir erwachsen, und meine Mutter starb. Mein Vater wurde noch wortkarger, und manchmal saß er in der Nacht auf der Mauer hinter dem Kliff und sah aufs Meer hinaus. Inzwischen gingen wir nur mehr auf Walfang, wir drei waren groß und stark geworden, mein Vater übergab uns Angeln und Harpunen, wie es seinem Alter entsprach. Dann eines Tages verließen uns meine Brüder. Der mittlere ging nach Amerika, er teilte es uns erst am Tag vor seiner Abreise mit, und ich ging zum Hafen, um mich von ihm zu verabschieden, aber mein Vater kam nicht. Der andere wurde Lastwagenfahrer auf dem Kontinent, er war ein Junge, der gern lachte und der schon immer das Geräusch der Motoren geliebt hatte, ich war allein zu Hause, als die republikanische Garde kam, um uns von dem Unfall zu benachrichtigen, und meinem Vater erzählte ich es beim Abendessen.

Wir beide gingen auch weiterhin auf Walfang. Inzwischen war es schwieriger geworden, man mußte Taglöhner anstellen, denn um hinauszufahren, muß man mindestens zu fünft sein, und mein Vater wünschte sich, daß ich heiratete, denn ein Heim ohne Frau ist kein richtiges Heim. Aber ich war fünfundzwanzig, und es machte mir Spaß, den Frauen schöne Augen zu machen, am Sonntag ging ich immer in den Hafen hinunter und suchte mir eine neue Geliebte, in Europa war Krieg, und auf den Azoren war ein großes Kommen und Gehen, jeden Tag legte irgendwo ein Schiff an, und in Porto Pim waren plötzlich alle Sprachen zu hören.

Ich begegnete ihr eines Sonntags im Hafen. Sie war weiß gekleidet, hatte nackte Schultern und trug einen Hut aus Spitze. Sie schien einem Gemälde entstiegen zu sein und nicht einem Schiff, das randvoll war mit Menschen, die sich auf der Flucht nach Amerika befanden. Ich sah sie lange an, und auch sie sah mich an. Es ist eigenartig, wie die Liebe von uns Besitz ergreift. Von mir ergriff sie in dem Augenblick Besitz, als ich zwei ganz feine Falten um ihre Augen entdeckte und dachte: Sie ist nicht mehr ganz jung. Das dachte ich, weil einem Jungen, wie ich es damals war, eine reife Frau vielleicht älter erscheinen mochte, als sie wirklich war. Daß sie etwas über dreißig war, erfuhr ich erst viel später, als es mir nichts mehr nützte, ihr Alter zu wissen. Ich grüßte sie und fragte, ob ich ihr behilflich sein könnte. Sie wies auf den Koffer zu ihren Füßen. Bring ihn ins *Bote*, sagte sie in meiner Sprache. Das *Bote* ist kein Ort für Damen, sagte ich. Ich bin keine Dame, antwortete sie, ich bin die neue Chefin.

Am Sonntag darauf ging ich wieder in die Stadt hinunter. Das *Bote* war in jener Zeit ein merkwürdiges Lokal, es war keine richtige Fischerkneipe, und ich war erst einmal dort gewesen. Ich wußte, daß es zwei Hinterzimmer gab, in denen angeblich um Geld gespielt wurde, und das Zimmer mit der Bar hatte ein niedriges Deckengewölbe, einen mit Arabesken verzierten Spiegel und kleine Tischchen aus Feigenholz. Die Gäste waren alle Ausländer, sie schienen auf Urlaub zu sein, aber in Wirklichkeit verbrachten sie den Tag damit, sich zu bespitzeln, ein jeder gab vor, aus einem Land zu kommen, das nicht das seine war, und dazwischen spielten sie Karten. Faial war ein unglaublicher Ort in diesen Jahren. Hinter der Theke stand ein kleiner Kanadier mit spitz zulaufenden Koteletten, der Denis hieß und der Portugiesisch sprach wie die von Cabo Verde, ich kannte ihn, weil er am Samstag in den Hafen kam, um Fisch zu kaufen, denn Sonntag abends konnte man im *Bote* essen. Er war es, der mir Englisch beibrachte.

Ich möchte mit der Chefin sprechen, sagte ich, Madame kommt erst nach acht, antwortete er mir von oben herab. Ich nahm an einem der Tischchen Platz und bestellte zu essen. Sie kam gegen neun, als auch schon andere Gäste da waren, sie sah mich und grüßte mich zerstreut, dann setzte sie sich zu einem alten Herrn mit weißem Schnurrbart an den Tisch. Erst jetzt bemerkte ich, wie schön sie war, es war eine Schönheit, die mir die Hitze in die Schläfen trieb, sie hatte mich hierher geführt, aber das wurde mir erst in diesem Augenblick klar. Und das, was mir klar wurde, nahm in diesem Augenblick ganz deutliche Formen an in mir und verursachte mir beinahe ein Schwindelgefühl. Ich verbrachte den Abend damit, sie anzusehen, die Fäuste an den Schläfen, und als sie ging, folgte ich ihr in einiger Entfernung. Sie ging leichtfüßig, ohne sich umzudrehen, wie jemand, der nicht befürchtet, verfolgt zu werden, sie durchquerte das Tor in der Mauer von Porto Pim und ging langsam zur Bucht hinunter. Am anderen Ende des Golfes, am äußersten Punkt der Landzunge, steht einsam auf den Felsen ein Steinhaus, inmitten von Schilf und einer Palme. Vielleicht hast du es schon gesehen, inzwischen ist es unbewohnt, und die Fenster sind morsch, es sieht etwas unheimlich aus, früher oder später wird das Dach einstürzen, wenn es nicht ohnehin schon eingestürzt ist. Dort wohnte sie, aber damals war es ein weißes

Haus mit blau umrandeten Fenstern und Türen. Sie trat ein, schloß die Tür, und das Licht ging aus. Ich setzte mich auf einen Felsen und wartete. Mitten in der Nacht ging in einem Zimmer Licht an, sie trat ans Fenster, und ich betrachtete sie. Die Nächte sind still in Porto Pim, man braucht nur zu flüstern in der Dunkelheit, um über weite Entfernungen gehört zu werden. Laß mich hinein, flehte ich. Sie schloß die Fensterläden und machte das Licht aus. Der Mond ging gerade auf, umgeben von rotem Dunst, wie immer im Sommer. Ich spürte ein quälendes Verlangen, das Wasser ringsum klatschte an die Felsen, alles war so intensiv und so unerreichbar, und ich erinnerte mich daran, wie ich als Kind in der Nacht vom Kliff aus die Muränen angelockt hatte: Und da hatte ich eine Eingebung, ich konnte mich nicht länger zurückhalten, ich stimmte meinen Gesang an. Zuerst sang ich ganz leise, klagend oder flehend, mit einer Hand am Ohr, um die Stimme in die richtige Richtung zu lenken. Etwas später ging die Tür auf, ich trat ins dunkle Innere ihres Hauses und fand mich in ihren Armen wieder. Ich heiße Yeborath, sagte sie nur.

Weiß du, was Verrat ist? Verrat, wirklicher Verrat ist, wenn du dich schämst und ein anderer sein möchtest. Ich wäre gern ein anderer gewesen, als ich mich von meinem Vater verabschiedete und sein Blick mir folgte, während ich die Harpune in ein Wachstuch wickelte, sie an einen Nagel in der Küche hängte und mir stattdessen die Geige umhängte, die er mir zu meinem zwanzigsten Geburtstag geschenkt hatte. Ich habe beschlossen, den Beruf zu wechseln, sagte ich hastig, ich werde in einem Lokal in Porto Pim singen, ich komme dich am Samstag besuchen. Aber diesen Samstag kam ich nicht und auch nicht am Samstag darauf, und ich machte mir selbst etwas vor, wenn ich mir sagte, ich würde am übernächsten hingehen. Darüber wurde es Herbst, und es verging der Winter, und ich sang. Ich machte mich auch sonst nützlich, denn manchmal tranken die Gäste zuviel, und um sie zu stützen oder sie hinauszuwerfen, war ein starker Arm vonnöten, den Denis nicht besaß. Daneben belauschte ich die Gespräche der Gäste, die so taten, als würden sie Urlaub machen, als Sänger in einer Kneipe ist es einfach, die vertraulichen Mitteilungen der anderen zu belauschen, und wie du siehst, ist es auch einfach, welche zu machen. Sie wartete im Haus von Porto Pim auf mich, und inzwischen mußte ich auch nicht mehr klopfen. Ich fragte sie: Wer bist du, woher kommst du? Warum gehen wir nicht weg von diesen absurden Individuen, die so tun, als würden sie Karten spielen, ich möchte auf immer mit dir zusammensein. Sie lachte und ließ durchblicken, warum sie im Augenblick dieses Leben führte, und sagte zu mir: Warte noch ein wenig, dann gehen wir gemeinsam weg, du mußt Vertrauen zu mir haben, mehr kann ich dir nicht sagen. Dann stellte sie sich nackt ans Fenster, betrachtete den Mond und sagte zu mir: Sing deinen Lockruf, aber leise. Und während ich sang, forderte sie mich auf, sie zu lieben, und ich nahm sie im Stehen, ans Fenster gelehnt, und sie blickte dabei in die Nacht hinaus, als würde sie auf etwas warten.

Es geschah am zehnten August. In der Nacht von San Lorenzo ist der Himmel voller Sternschnuppen, beim Nachhausegehen sah ich dreizehn. Die Tür war verschlossen, und ich klopfte. Dann klopfte ich aufs neue, heftiger, denn es brannte Licht. Sie öffnete mir und blieb an der Schwelle stehen, aber ich schob sie mit dem Arm zur Seite. Ich fahre morgen, sagte sie, der, auf den ich gewartet habe, ist gekommen. Sie lächelte, als wollte sie mir danken, und aus irgendeinem Grund dachte ich, sie meinte damit meinen Gesang. Ganz hinten im Zimmer bewegte sich eine Gestalt. Es war ein alter Mann, und er zog sich gerade an. Was will er, fragte er in jener Sprache, die ich inzwischen verstand. Er ist betrunken, sagte sie, früher war er Walfänger, aber er hat die Harpune gegen die Geige eingetauscht, während deiner Abwesenheit hat er mir ausgeholfen. Schick ihn weg, sagte er, ohne mich anzusehen.

Die Bucht von Porto Pim funkelte im hellen Licht des Mondes. Ich lief den Golf entlang wie im Traum, als ich mich plötzlich am anderen Ende der Landschaft wiederfand. Ich dachte an nichts, denn ich wollte nicht denken. Das Haus meines Vaters war dunkel, denn er ging zeitig zu Bett. Er schlief jedoch noch nicht, wie es häufig vorkommt bei Alten, die unbeweglich im Dunkel liegen, als wäre das eine Art Schlaf. Ich ging hinein, ohne Licht zu machen, aber er hörte mich. Du bist wieder da, murmelte er. Ich ging nach hinten zur Wand und nahm meine Harpune. Ich bewegte mich im Mondlicht. Mitten in der Nacht jagt man keine Wale, sagte er von seinem Bett aus. Es ist eine Muräne, sagte ich. Ich weiß nicht, ob er verstand, was ich damit sagen wollte, er antwortete jedenfalls nicht und blieb reglos liegen. Mir schien, als winkte er mir zum Abschied mit der Hand, aber vielleicht war es nur meine Phantasie oder ein Schattenspiel im Halbdunkel. Ich habe ihn nicht wiedergesehen, er starb, lange bevor ich meine Strafe verbüßt hatte. Auch meinen Bruder habe ich nicht wiedergesehen. Letztes Jahr habe ich ein Foto von ihm bekommen, er ist ein dicker Mann mit weißen Haaren, umringt von Unbekannten, die wohl seine Söhne und Schwiegertöchter sind, sie sitzen auf der Veranda eines Holzhauses, und die Farben sind so grell wie auf einer Postkarte. Er schrieb mir, wenn ich wollte, könnte ich zu ihm kommen, es gäbe Arbeit für alle und das Leben sei einfach. Das fand ich fast komisch. Was ist ein einfaches Leben, wenn das Leben schon vorbei ist?

Wenn du noch ein wenig bleibst und meine Stimme nicht umkippt, werde ich dir heute Abend noch die Melodie vorsingen, die mein Schicksal besiegelt hat. Ich habe sie seit dreißig Jahren nicht mehr gesungen, und es kann sein, daß meine Stimme nicht hält. Keine Ahnung, warum ich das mache, ich widme sie dir und dieser Frau mit dem langen Hals und der Kraft eines Gesichtes, in einem anderen wieder aufzutauchen, das hat vielleicht etwas in mir berührt. Und dir, Italiener, der du jeden Abend hierher kommst und offensichtlich hungrig nach wahren Geschichten bist, um sie zu Papier zu bringen, dir schenke ich die Geschichte, die du gehört hast. Du kannst sogar den Namen dessen verwenden, der sie dir erzählt hat, aber nicht jenen, mit dem sie mich hier in der Kneipe kennen, das ist ein Name für die Touristen, die kommen und gehen. Schreib, das ist die wahre Geschichte des Lucas Eduino, der mit der Harpune die Frau tötete, die er für die seine gehalten hatte, in Porto Pim.

Ah, in einem einzigen Punkt hatte sie mich nicht belogen, wie ich beim Prozeß feststellte. Sie hieß wirklich Yeborath. Sofern das etwas zu sagen hat.

LUIGI MALERBA

Eine hundertprozentig wahre Geschichte

Die öffentliche Schande ist um so brennender (etwas später werden wir sehen, wie sehr dieses Adjektiv in diesem Fall zutrifft), wenn die Begebenheit, die ihr zugrunde liegt, sich in einer kleinen Stadt zugetragen hat. Deshalb spielt diese Geschichte in Parma, im Wohnviertel am Ende der Viale Solferino, dem hochgelegenen und eleganten Teil der Stadt. Die Protagonisten nenne ich nach reiflicher Überlegung Marta und Raniero (in meiner Erzählung verbirgt sich eine kleine boshafte Anspielung, aber ich fürchte, nur die Betroffenen werden sie erkennen).

Der Ehemann Martas ist ein bekannter Chirurg im Ospedale Maggiore. Für eine untreue Ehefrau ist das der ideale Beruf: Marta ruft im Krankenhaus an, und wenn er gerade zu operieren begonnen hat, weiß sie, daß er mindestens zwei Stunden dort festgenagelt ist. Inzwischen kann sie sogar die Dauer der verschiedenen Operationen einschätzen, sie weiß, welche eine Stunde dauern, welche zwei, welche vier.

Raniero ist mit der Tochter eines liberalen und wohlhabenden Rechtsanwaltes verheiratet, und die beiden wohnen in einer Villa in Vicofertile, einige Kilometer außerhalb der Stadt, wo der Schwiegervater ausgedehnte Ländereien besitzt. Raniero kommt fast jeden Tag in die Stadt, wo er ein Anwaltsbüro betreibt, aber oft empfängt er nicht seine Klienten, sondern trifft Marta in einer kleinen Mansarde an einer Gasse, die in die Via Solferino mündet.

Heute abend hat sich Marta mit einer Freundin verplaudert und kommt zu spät zum Rendezvous mit Raniero.

– Es ist viertel zehn, sagt er ein wenig verärgert.

– Aber nein, es ist viertel nach neun.

Raniero weiß nicht, ob er die Richtigstellung Martas als Scherz auffassen soll oder als eine ihrer kleinen Spitzfindigkeiten, die ihn oft genug ärgern. Um sich den Abend nicht zu verderben, beschließt er schließlich zu lächeln und ihr die Verspätung zu verzeihen. Dann legt er eine Platte von Louis Armstrong auf. »On the sunny side of the street«, einen melancholischen, herzzerreißenden Jazz. Er weiß, daß sich die Frauen immer wieder gern den Hof machen lassen, wie beim ersten Mal, und sei es auch nur mit einer Platte.

Draußen hat es zu schneien begonnen, und vom Bett aus können sie durch die niedrigen Fenster die Schneeflocken sehen, die im Licht der Straßenlaternen treiben. Topy, Martas Dackel, rast wie immer vor Eifersucht, wenn seine Herrin mit Raniero im Bett liegt, jault und läuft im Zimmer auf und ab. Inzwischen jault auch Marta im Bett, und Topy verbeißt sich in den Gummischlauch des Gasofens, zerrt wütend daran, bis er ihn aus dem Metallrahmen gerissen hat.

Raniero streckt schließlich entspannt und befriedigt den Arm aus dem Bett, um sich Zigaretten und Streichhölzer zu holen. Er möchte alles mit einer Hand erledigen, aber dann muß er doch den zweiten Arm unter Martas Hals hervorziehen. Jetzt endlich kann er das Streichholz anzü . . .

Die Spaziergänger auf der Viale Solferino sehen plötzlich oben im Dunklen eine große grünliche Flamme, auf die der Krach einer Explosion folgt, und dann regnet es Scherben, Dachziegel, Balken, Schutt. Das Dach der Villa ist weggeflogen wie der Korken einer Flasche und wie Hagel auf die Platanenallee und den Asphalt niedergegangen. Aus dem abgedeckten Haus kommen schreiende Menschen gelaufen. Eine Bombe. Nein, der Heizkessel. Ein Gasaustritt. Ein Kurzschluß. Die Nachbarn rufen die Feuerwehr und die Polizei. Auf der Straße bleiben Autos und Fahrräder stehen, es bildet sich eine kleine Menge. Schließlich hört man Sirenen, kommen die Feuerwehr- und Polizeiautos.

Raniero und Marta werden auf Bahren weggetragen, sie haben am ganzen Körper Verbrennungen ersten und zweiten Grades, sie sind schwarz wie zwei verkohlte Hähnchen. Noch keine Stunde ist vergangen und die Telefonleitungen sind bereits blockiert, die ganze Stadt bespricht den Vorfall und fragt sich, ob ihn am nächsten Tag die »Gazzetta« erwähnen wird. Im Lauf der folgenden Tage wird bekannt, daß ihr Mann (der berühmte Chirurg) und seine Frau (die Tochter des reichen Rechtsanwaltes) die Scheidung verlangen. Aber auch der Schaden muß bezahlt werden, die Erneuerung des Daches, die Beschädigung der Hausmauern. Zum Glück ist auf der Straße niemand von den niederprasselnden Ziegeln verletzt worden. Aber nicht nur Schadenersatz muß geleistet, sondern auch die Schande muß abgebüßt werden, denn die ganze Stadt lacht.

Personen und Handlung dieser Erzählung sind frei erfunden. Ähnlichkeiten mit der Wirklichkeit oder tatsächlich in Parma lebenden Personen sind nicht beabsichtigt, sondern allenfalls zufällig. Natürlich gibt es viele junge Frauen in der Stadt, die Marta heißen, und es ist auch nicht auszuschließen, daß eine davon mit einem Chirurgen verheiratet ist. In diesem Fall handelt es sich um reinen Zufall. Auch Raniero ist ein gebräuchlicher Name, aber selbst wenn es einen Raniero geben sollte, der mit der Tochter eines Rechtsanwaltes verheiratet ist, ist es kaum möglich, daß er sich an einem Winterabend in einer Mansardenwohnung im Solferino-Viertel aufgehalten hat, deren Dach aufgrund einer Gasexplosion in die Luft geflogen ist. Alles ist natürlich möglich, aber selbst dem Zufall sind Grenzen gesetzt. Der Dackel Topy ist ein reines Produkt meiner Phantasie, und auch wenn es sich um ein geistloses Wesen handelt, ist seine Anwesenheit in meiner Geschichte unumgänglich. Man weiß nicht, welches Ende dieses Phantasieprodukt gefunden hat. Ich habe mich nicht mehr um ihn gekümmert, sobald er seine Funktion innerhalb der Geschichte erfüllt hatte. Sollte jemand noch immer den Verdacht hegen, es handle sich um eine wahre Begebenheit, von der er sogar in der Stadt hat reden hören, kann er ja die Jahrgänge der »Gazzetta« durchblättern und die Lokalseiten kontrollieren. Natürlich ist nicht auszuschließen, daß es Vorfälle gibt, die dem aus meiner Geschichte ähneln, aber bekanntlich ähneln sich alle Fälle, die in die lokale Berichterstattung eingehen. Es wäre eine absurde Forderung, daß jemand, der eine Geschichte erfindet, darauf achten müsse, daß sich in Wirklichkeit keine Fälle zugetragen haben, die dem von ihm erfundenen ähneln. Somit sei ein für allemal klargestellt: die Mansarden-Geschichte ist nichts anderes als eine Erfindung von mir, geboren aus dem Bedürfnis, meine Klatsch- und Rachegelüste zu stillen, aber niemand zwingt mich, zu meiner Rechtfertigung auch die persönlichen Gefühle darzulegen, die mich bewogen haben, diese Geschichte zu schreiben. Das wäre hier weder der richtige Ort noch die Gelegenheit.

NATALIA GINZBURG

Er und ich

Ihm ist immer heiß, mir immer kalt. Im Sommer, wenn es wirklich heiß ist, klagt er unaufhörlich über die große Hitze und empört sich, wenn er sieht, daß ich abends ein wollenes Jäckchen anziehe.

Er beherrscht mehrere Sprachen; ich spreche keine gut. Er kann sich auf seine Weise auch in den Sprachen ausdrükken, die er nicht kennt.

Er hat einen ausgezeichneten Orientierungssinn, ich nicht. Nach einem Tag bewegt er sich in einer fremden Stadt so leicht wie ein Schmetterling. Ich verirre mich in meiner eigenen Stadt und muß nach dem Weg fragen, um nach Hause zu finden. Er haßt es, nach dem Weg zu fragen, und wenn wir im Auto durch fremde Städte fahren, befiehlt er mir, den Stadtplan zu studieren. Ich finde mich aber auf Stadtplänen nie zurecht; die vielen roten Punkte verwirren mich, und er wird wütend.

Er liebt das Theater, die Malerei und die Musik, vor allem die Musik. Ich verstehe nichts von Musik, kümmere mich wenig um die Malerei und langweile mich im Theater. Ich liebe und verstehe nur etwas auf der Welt: die Dichtung.

Er liebt die Museen, und ich muß mich anstrengen hinzugehen und habe dabei das Gefühl einer unangenehmen Pflicht. Er liebt die Bibliotheken, und ich hasse sie.

Er liebt Reisen, fremde und unbekannte Städte und Restaurants. Ich würde immer zu Hause bleiben und keinen Schritt tun.

Ich begleite ihn aber auf vielen Reisen. Ich begleite ihn in die Museen, Kirchen und in die Oper. Ich begleite ihn auch in Konzerte und schlafe dort ein.

Da er Orchesterdirigenten und Sänger kennt, gefällt es ihm, ihnen nach der Vorstellung zu gratulieren. Ich folge ihm durch die langen Gänge, die zu den Garderoben der Sänger führen, und höre zu, wie er mit Leuten spricht, die als Kardinal oder König gekleidet sind.

Er ist nicht schüchtern, und ich bin schüchtern. Manchmal aber habe ich auch ihn schüchtern gesehen. Wenn Polizisten, mit Notizblock und Bleistift bewaffnet, sich unserem Wagen nähern. Ihnen gegenüber ist er schüchtern, weil er sich im Unrecht fühlt.

Und auch wenn er sich nicht im Unrecht fühlt. Ich glaube, er hat Respekt vor der staatlichen Autorität.

Ich fürchte die staatliche Autorität; er nicht. Er hat Respekt vor ihr. Das ist etwas anderes. Wenn ich einen Polizisten mit einem Strafzettel kommen sehe, denke ich sogleich, er wolle mich verhaften. Er denkt nicht an eine Verhaftung, aber er wird aus Respekt schüchtern und freundlich.

Darüber, über seinen Respekt vor der staatlichen Autorität, stritten wir uns zur Zeit des Montesi-Prozesses bis zur Raserei.

Er ißt gern Nudeln und Lammbraten und trinkt gern Rotwein. Ich esse gern Brotsuppe, Omelette und Gemüse.

Er pflegt zu sagen, daß ich vom Essen nichts verstehe und einem robusten Mönch gleiche, der im Schatten des Klosters seine Gemüsesuppe verschlingt; er aber ist ein Feinschmekker mit einem empfindlichen Gaumen. Im Restaurant erkundigt er sich ausführlich nach den Weinen; er läßt sich zwei oder drei Flaschen bringen und betrachtet sie nachdenklich, indem er langsam seinen Bart streichelt.

In England gibt es Restaurants, wo die Kellner eine kleine Zeremonie zelebrieren: sie gießen dem Gast einen Schluck Wein ins Glas, damit er prüfen kann, ob der Wein nach seinem Geschmack ist. Er haßte diese Zeremonie und hinderte den Kellner jedesmal daran, indem er ihm die Flasche aus der Hand nahm. Ich machte ihm Vorwürfe, indem ich ihm sagte, man sollte es jedermann gestatten, seine Pflichten zu erfüllen. So will er auch im Kino nie, daß die Platzanweiserin ihn zu seinem Platz begleite. Er gibt ihr sogleich das Trinkgeld und flieht dann auf Plätze, die weit von denen entfernt sind, die ihm die Angestellte mit der Taschenlampe gezeigt hat.

Im Kino will er ganz nahe vor der Leinwand sitzen. Wenn wir mit Freunden sind und diese, wie die meisten Leute, einen von der Leinwand fernen Platz suchen, so geht er allein auf seinen Platz in einer der ersten Reihen. Ich sehe aus der Nähe und aus der Ferne gleich gut; da ich aber mit Freunden zusammen bin, bleibe ich aus Höflichkeit bei ihnen, bin aber unglücklich, weil es möglich ist, daß er auf seinem Platz, zwei Handbreit vor der Leinwand, beleidigt ist, daß ich mich nicht neben ihn gesetzt habe.

Wir gehen beide gern ins Kino und sind bereit, zu irgendeiner Tagesstunde irgendeinen Film anzusehen. Er aber kennt die Geschichte des Films bis in die kleinsten Einzelheiten, erinnert sich an alle Regisseure und Schauspieler, auch an solche, die schon lange vergessen und verschwunden sind, und er ist bereit, Kilometer zurückzulegen, um in den entferntesten Vorstadtkinos uralte Stummfilme zu sehen, in denen, wenn auch nur für Sekunden, ein Schauspieler auftritt, der ihm aus frühester Kindheitserinnerung lieb ist. Ich erinnere mich noch an einen Sonntagnachmittag in London. In einer weit entfernten Vorstadt an der Grenze zum Land wurde ein Film über die Französische Revolution gegeben, ein Film aus dem Jahr 1930, den er als Kind gesehen hatte und in dem für ein paar Augenblicke eine berühmte Schauspielerin jener Zeit auftrat. Im Wagen gingen wir auf die Suche nach der weit entfernten Straße; es regnete, es war neblig, und wir fuhren Stunden und Stunden durch immer gleiche Vorstädte, zwischen grauen Reihen von kleinen Häusern, Dachrinnen und Straßenlaternen; ich hatte den Stadtplan auf den Knien, und es gelang mir nicht, ihn zu lesen, und er wurde zornig; endlich fanden wir das Kino und setzten uns in den leeren Saal. Aber nach einer Viertelstunde, gleich nach dem Auftritt der Schauspielerin, auf die es ihm ankam, wollte er schon wieder weggehen; ich aber wollte nach einem so weiten Weg wenigstens sehen, wie der Film aufhörte. Ich weiß nicht mehr, ob er seinen oder ich meinen Willen durchsetzte; wahrscheinlich gingen wir nach einer Viertelstunde, schon weil es spät und schon Zeit zum Abendbrot war, obwohl wir am frühen Nachmittag aufgebrochen waren. Aber ich bat ihn, mir zu erzählen, wie die Geschichte weiterging, erhielt aber keine befriedigende Antwort; denn er sagte, die Geschichte sei ganz unwichtig; das einzige, was zählte, waren jene wenigen Augenblicke, das Profil, die Geste, die Locken jener Schauspielerin.

Ich erinnere mich nie an die Namen der Schauspieler, und da ich keinen Blick für Physiognomien habe, erkenne ich manchmal auch die berühmtesten nur mit Schwierigkeit. Das ärgert ihn sehr, und wenn ich ihn frage, wie dieser oder jener heißt, ruft er voll Verachtung: »Du willst doch nicht sagen, daß du William Holden nicht erkannt hast!«

Ich habe William Holden tatsächlich nicht erkannt. Und doch gehe ich gern ins Kino; aber ich habe mir in den vielen Jahren, seit ich hingehe, keine Kenntnisse erworben. Er jedoch ist in allen Dingen, die seine Neugierde anzogen, ein Kenner geworden. Ich bin in nichts Kenner, nicht einmal in den Dingen, die ich am meisten im Leben liebte: sie blieben in mir als verstreute Bilder und nährten mein Leben mit Erinnerungen und Empfindungen, aber den wüstenähnlichen Zustand meiner Bildung verwandelten sie nicht.

Er sagt, mir fehle das Interesse: aber das stimmt nicht. Ich interessiere mich für wenige, sehr wenige Dinge, und wenn ich sie einmal kenne, so bewahre ich von ihnen ein paar vereinzelte Bilder, die Kadenz eines Satzes oder eines Wortes im Gedächtnis. Meine Welt, in der solche Kadenzen und Bilder auftauchen – voneinander getrennt und doch verbunden durch mir selber unsichtbare Fäden – ist öde und melancholisch. Seine Welt dagegen ist üppig groß, reich bevölkert und bepflanzt, eine fruchtbare und wohl bewässerte Landschaft, wo es Wälder, Weiden, Baumgärten und Dörfer gibt.

Für mich ist jede Tätigkeit sehr schwierig, anstrengend und ungewiß. Ich bin sehr faul, und es ist für mich absolut notwendig, lange Stunden müßig auf Sofas herumzuliegen, wenn ich etwas fertigbringen will. Er ist nie müßig, er tut immer etwas; er schreibt sehr rasch auf der Maschine mit angedrehtem Radio, und wenn er nachmittags ausruht, so hat er zu korrigierende Druckbogen oder ein Buch voller Notizen bei sich; er will, daß wir am gleichen Tag ins Kino, dann an einem Empfang teilnehmen und schließlich ins Theater gehen. Er bringt es fertig, an einem Tag tausend verschiedene Dinge zu erledigen und die verschiedensten Leute zu treffen, und wenn ich allein bin und versuche, es zu machen wie er, komme ich nirgends hin, weil ich dort, wo ich eine halbe Stunde bleiben wollte, den ganzen Nachmittag hängenbleibe oder weil ich mich verirre und die Straßen nicht finde oder weil die langweiligste Person, die ich am wenigsten sehen mochte, mich an den Ort schleppt, wo ich am wenigsten hinzugehen wünschte. Wenn ich ihm erzähle, wie einer meiner Nachmittage verlaufen ist, so findet er diesen Nachmittag ganz verfehlt und ärgert sich, macht sich lustig über mich und sagt, daß ich ohne ihn zu nichts zu gebrauchen bin. Ich kann die Zeit nicht einteilen. Er kann es.

Ihm macht es Spaß, zu Empfängen zu gehen. Er geht im hellen Anzug, wenn alle dunkel gekleidet sind; es käme ihm nie in den Sinn, sich für einen Empfang umzuziehen. Er geht auch in seinem alten Regenmantel und in einem zerbeulten Hut, den er in London gekauft hat und den er tief in die Stirn drückt. Manchmal bleibt er nur eine halbe Stunde, weil es ihm Spaß macht, mit einem Glas in der Hand zu plaudern. Er ißt viele Kekse, ich fast keine, weil ich sehe, wie viel er ißt, und dann aus Anstand und Zurückhaltung wenigstens selber nichts esse. Nach einer halben Stunde, wenn ich mich ein bißchen eingewöhnt habe und mich wohlzufühlen beginne, wird er ungeduldig und schleppt mich mit sich weg.

Ich kann nicht tanzen; er kann tanzen.

Ich kann nicht maschineschreiben. Er kann es.

Ich kann nicht Auto fahren. Wenn man ihm vorschlägt, er solle auch mich die Fahrprüfung machen lassen, ist er nicht einverstanden. Er sagt, ich würde sie ja doch nie bestehen. Ich glaube, er ist zufrieden, daß ich in mancher Hinsicht von ihm abhängig bin.

Ich kann nicht singen; er kann singen. Er hat einen Bariton. Wenn er Gesangstunden genommen hätte, wäre er heute vielleicht ein berühmter Sänger.

Wenn er Musik studiert hätte, wäre er vielleicht Dirigent geworden. Wenn er Schallplatten hört, dirigiert er das Orchester mit einem Bleistift. Dazwischen schreibt er auf der Maschine und nimmt das Telefon ab. Er ist ein Mann, dem es gelingt, viele Dinge im selben Augenblick zu tun.

Er ist Professor, und ich glaube, er ist tüchtig.

Er hätte viele Berufe ausüben können. Aber er trauert den Berufen, die er nicht ausüben kann, nicht nach. Ich hätte nur einen einzigen Beruf haben können: den Beruf, den ich wählte und seit meiner Kindheit ausübe.

Ich schreibe Erzählungen und arbeitete während vieler Jahre in einem Verlag.

Ich arbeite nicht schlecht, aber auch nicht besonders gut. Ich legte mir oft Rechenschaft darüber ab, daß ich an keinem andern Ort hätte arbeiten können. Ich hatte mit meinen Arbeitskollegen und mit meinem Chef ein freundschaftliches Verhältnis. Ich fühlte, daß ich ohne dieses nicht hätte arbeiten können.

Ich trug mich lange mit dem Gedanken, einmal ein Filmdrehbuch zu schreiben. Ich hatte aber nie Gelegenheit dazu, oder es gelang mir nicht, die Gelegenheit zu finden. Jetzt habe ich die Hoffnung verloren, je ein Drehbuch zu schreiben. Er hat einmal an Drehbüchern mitgearbeitet, als er noch jung war. Er hat auch einmal in einem Verlag gearbeitet. Er hat Erzählungen geschrieben. Er hat alle Dinge gemacht, die ich machte, und viele andere dazu.

Er kann die Leute gut nachahmen, vor allem eine alte Gräfin. Vielleicht wäre er auch ein guter Schauspieler geworden. In London sang er einmal in einem Theater. Er war Hiob. Er hatte einen Frack leihen müssen und stand im Frack vor einer Art Notenständer und sang. Er sang die Worte Hiobs; es war etwas zwischen Sprechen und Singen. Ich starb fast vor Angst in meiner Loge. Ich hatte Angst, er würde steckenbleiben oder die Frackhose verlieren.

Er war umgeben von Herren im Frack und Damen im Abendkleid, die Engel und Teufel und die anderen Figuren von Hiobs Geschichte darstellten.

Es war ein großer Erfolg, und alle sagten ihm, er habe seine Sache ausgezeichnet gemacht.

Wenn ich die Musik lieben gelernt hätte, dann mit Leidenschaft. Ich verstehe sie aber nicht, und wenn ich ihn zu Konzerten begleiten muß, so lenken mich meine eigenen Gedanken bald von der Musik ab. Manchmal schlafe ich auch ein.

Ich singe gern. Ich kann nicht singen, weil ich kein Musikgehör habe; manchmal singe ich, aber ganz leise, wenn ich allein bin. Ich weiß, daß ich falsch singe, weil die anderen es mir gesagt haben; meine Stimme muß wie das Miauen einer Katze klingen. Ich selber merke es nicht und habe große Freude am Singen. Wenn er mich hört, ahmt er mich nach und sagt, mein Singen habe nichts mit Musik zu tun und sei etwas von mir Erfundenes.

Als Kind summte ich musikalische Motive vor mich hin, die ich selbst erfunden hatte. Es war eine klägliche Melodie, bei der mir die Tränen in die Augen traten.

Es ist mir nicht so wichtig, daß ich die Malerei und die bildenden Künste nicht verstehe; aber ich leide darunter, daß ich die Musik nicht lieben kann, und ich glaube, daß mein Leben ärmer ist, weil mir diese Liebe fehlt. Aber da läßt sich nichts machen; ich werde die Musik nie verstehen und nie lieben. Wenn ich zuweilen Musik höre, die mir gefällt, kann ich mich schon bald nicht mehr an sie erinnern, und wie könnte ich etwas lieben, das ich nicht im Gedächtnis bewahren kann? Ich kann mich an die Worte eines Liedes erinnern. Ich kann die Worte, die ich liebe, unendlich oft wiederholen. Ich kann auch die Melodie, die sie begleitet, auf meine Art miauend wiederholen und dabei eine Art Glückseligkeit empfinden. Mir scheint, daß ich beim Schreiben einer musikalischen Kadenz folge. Vielleicht ist die Musik meiner Welt sehr nahe, nur bleibt sie mir aus irgendeinem Grund verschlossen.

Bei uns zu Hause hört man den ganzen Tag Musik. Er hat das Radio den ganzen Tag angedreht. Oder er legt Platten auf. Ich protestiere hie und da und verlange ein wenig Ruhe, damit ich arbeiten kann; er sagt aber, daß die Musik so schön ist, daß sie jeder Arbeit nützt.

Er hat auch eine unglaubliche Zahl von Schallplatten gekauft. Er besitzt, sagt er, eine der schönsten Diskotheken der Welt. Morgens stellt er im Bademantel, noch vor Wasser tropfend, das Radio an, setzt sich an die Schreibmaschine und beginnt seinen arbeitsreichen, stürmischen und lärmenden Tag. Er ist in allem temperamentvoll: er füllt die Badewanne, die Teekanne und die Tassen, bis sie überlaufen; er hat eine übermäßig große Zahl von Hemden und Krawatten. Schuhe dagegen kauft er selten.

Als Kind war er, sagt seine Mutter, ein Muster an Ordentlichkeit und Genauigkeit, und als er an einem Regentage auf dem Lande einmal mit weißen Stiefelchen und weißen Kleidern durch schlammige Pfützen gehen mußte, war er am Ende des Spazierganges noch genauso weiß wie am Anfang und hatte keinen einzigen Fleck auf Stiefelchen und Kleid. Heute erinnert nichts mehr an ihm an jenes fleckenlose, ordentliche Kind. Seine Kleider sind immer voll Flecken. Er ist sehr unordentlich geworden.

Er bewahrt jedoch mit äußerster Genauigkeit alle Gasrechnungen auf. Manchmal finde ich in Schubladen uralte Gasrechnungen von Wohnungen, die wir seit langem verlassen haben, und er weigert sich, sie wegzuwerfen.

Ich finde auch uralte, vertrocknete Toscani-Zigarren und Mundstücke aus Kirschenholz.

Ich rauche lange Stop-Zigaretten, ohne Filter. Er manchmal diese Toscani-Zigarren.

Ich bin sehr unordentlich. Seit ich älter geworden bin, sehne ich mich jedoch nach Ordnung und räume manchmal mit großem Eifer Schränke neu ein. Ich erinnere mich dabei, glaube ich, an meine Mutter. Ich räume Wäsche und Wolldecken in die Schränke und decke im Sommer jede Schublade mit weißen Tüchern zu. In meinen Papieren dagegen mache ich nur selten Ordnung, weil meine Mutter nicht schrieb und deshalb keine Papiere hatte. Meine Ordnung und meine Unordnung sind voll von Kummer, schlechtem Gewissen und bedenklichen Gefühlen. Seine Unordnung dagegen hat etwas Triumphales. Er hat entschieden, daß für einen Menschen, der wie er studiert, ein unordentlicher Schreibtisch legitim und richtig ist.

Er hilft mir auch nicht, die Unentschlossenheit, Unsicherheit und Schuldgefühle, die ich bei jeder Handlung habe, zu überwinden. Er pflegt über alles, was ich mache, zu lachen und zu spotten. Wenn ich auf den Markt einkaufen gehe, so folgt er mir manchmal und beobachtet mich. Nachher macht er sich lustig über die Art, wie ich einkaufte, über die Art, wie ich die Apfelsinen in der Hand wog, um dann, wie er sagt, ausgerechnet die schlechtesten vom ganzen Markt zu kaufen; er spottet, weil ich eine ganze Stunde brauchte, um meine Einkäufe zu erledigen, weil ich bei einem Stand Zwiebeln, beim andern Sellerie und beim dritten Früchte kaufte. Manchmal kauft er ein, um mir zu zeigen, wie man es viel schneller machen kann: er kauft alles an einem Stand, ohne das kleinste Zögern, und es gelingt ihm sogar, sich die Ware nach Hause schicken zu lassen. Sellerie kauft er nicht, weil er sie nicht leiden kann.

So habe ich immer das Gefühl, alles falsch zu machen. Wenn ich aber entdecke, daß er etwas falsch gemacht hat, so halte ich ihm das bis zur Verzweiflung vor. Denn ich bin manchmal unausstehlich.

Seine Zornausbrüche kommen plötzlich, sie schäumen über wie Bier. Auch meine Zornausbrüche kommen plötzlich. Seine lösen sich aber sogleich in nichts auf, während meine eine klägliche und hartnäckige Mißstimmung hinterlassen, die sehr unangenehm ist, wie ein bitterer Katzenjammer.

Ich weine manchmal im Wirbel seines Zorns, und mein Weinen macht ihn nicht mitleidig oder besänftigt ihn nicht, sondern macht ihn noch viel wütender. Er sagt, mein Weinen sei nur eine Komödie, und vielleicht hat er recht. Denn ich bin inmitten meiner Tränen und seines Zorns im Innersten ganz ruhig. Wenn mich etwas wirklich schmerzt, weine ich nicht. Früher warf ich in meinem Zorn Teller und Platten auf den Boden. Jetzt nicht mehr. Vielleicht, weil ich älter geworden bin und mein Zorn nicht mehr so heftig ist; und dann würde es mir heute auch leid tun um unser Geschirr, das ich gern habe und das wir eines Tages in London an der Portobello Road kauften.

Der Preis dieses Geschirrs und vieler anderer Dinge, die wir kauften, ist in seiner Erinnerung stark gesunken. Denn er denkt gern, er habe wenig ausgegeben und ein gutes Geschäft gemacht. Ich weiß, daß dieses Service sechzehn Pfund kostete, aber er behauptet zwölf. So auch das Bild von König Lear in unserem Eßzimmer, das er ebenfalls in Portobello kaufte und mit Zwiebeln und Kartoffeln reinigte; heute nennt er dafür eine Kaufsumme, die ich als viel höher in Erinnerung habe.

Er hat vor Jahren in einem Kaufhaus zwölf Bettvorleger gekauft. Er kaufte sie, weil sie wenig kosteten und es ihm darum richtig erschien, einen Vorrat anzulegen; er kaufte sie auch in polemischer Absicht, weil er fand, ich sei nicht fähig, etwas für den Haushalt anzuschaffen. Diese Bettvorleger aus braunrotem Strohgeflecht waren in kurzer Zeit abgenutzt, hart und rauh, und ich haßte sie, wenn ich sie am Draht des

Küchenbalkons aufgehängt sah. Ich pflegte sie ihm als Beispiel eines schlechten Einkaufs vorzuhalten; er sagte aber, sie hätten wenig, sehr wenig, fast nichts gekostet. Es brauchte lange Zeit, bis es mir gelang, sie wegzuwerfen: es waren so viele, und im Augenblick, da ich sie wegwerfen wollte, kam mir der Gedanke, sie könnten vielleicht noch als Scheuerlappen verwendet werden. Wir haben beide, er und ich, eine gewisse Mühe, gebrauchte Dinge wegzuwerfen: bei mir muß das eine Art jüdischer Bewahrungstrieb und das Ergebnis meiner Unentschlossenheit sein, bei ihm ein Schutz gegen seine Impulsivität und seine Unfähigkeit zu sparen.

Er pflegt Aspirin und Bikarbonat in großen Mengen einzukaufen.

Er erkrankt manchmal an geheimnisvollen Krankheiten; er kann nicht erklären, was ihm fehlt; er liegt den ganzen Tag in seine Leintücher gehüllt im Bett; man sieht nur seinen Bart und seine rote Nasenspitze. Dann nimmt er Bikarbonat und Aspirin in Dosen für ein Pferd und sagt, ich könne ihn nicht verstehen, weil ich immer gesund bin wie einer dieser robusten Mönche, die sich gefahrlos Wind und Unwetter aussetzen; er dagegen ist empfindlich und zart und leidet an geheimnisvollen Krankheiten. Abends ist er dann wieder gesund und geht in die Küche, um sich Nudeln zu kochen.

Als junger Mann war er schön, mager und zerbrechlich und hatte noch keinen Bart, aber einen langen und weichen Schnurrbart und glich dem Schauspieler Robert Donat. So war er vor zwanzig Jahren, als ich ihn kennenlernte. Er trug, wie ich mich erinnere, elegante schottische Hemden aus Flanell. Er begleitete mich eines Abends zur Pension, wo ich damals wohnte, wir gingen miteinander die Via Nazionale hinunter. Ich fühlte mich schon sehr alt und beladen mit Erfahrungen und Irrtümern, und er schien mir noch ein Junge, von dem mich tausend Jahre trennten. Was wir uns an jenem Abend auf der Via Nazionale sagten, ich kann mich nicht mehr daran erinnern; nichts Wichtiges, nehme ich an; der Gedanke, daß wir eines Tages verheiratet sein würden, war viele Jahrhunderte von mir entfernt. Dann verloren wir uns aus den Augen, und als wir uns wieder begegneten, glich er nicht mehr Robert Donat, sondern eher Balzac. Er trug immer noch schottische Hemden, die jetzt aber an ihm aussahen wie Kleider für eine Nordpol-Expedition; er hatte einen Bart und trug den zerbeulten Hut auf dem Kopf, und alles an ihm ließ eine bevorstehende Abreise zum Nordpol vermuten. Denn obwohl ihm immer heiß ist, kleidet er sich doch häufig, als sei er von Schnee, Eis und Eisbären umgeben, manchmal kleidet er sich auch wie ein Kaffeepflanzer in Brasilien; auf jeden Fall kleidet er sich immer anders als andere Leute.

Wenn ich ihn an jenen vergangenen Spaziergang auf der Via Nazionale erinnere, behauptet er, sich auch zu erinnern; ich weiß aber, daß er sich an nichts erinnert, und ich frage mich manchmal, ob wir diese zwei Menschen sind, die vor fast zwanzig Jahren durch die Via Nazionale gingen, zwei Menschen, die freundlich und höflich in der untergehenden Sonne miteinander plauderten und dabei wohl ein bißchen von allem und von nichts sprachen; zwei liebenswürdige Gesprächspartner, zwei junge Intellektuelle auf einem Spaziergang; so jung, so wohlerzogen und so bereit, ein zerstreutes und wohlmeinendes Urteil über den andern abzugeben, so bereit, sich vom andern an jener Straßenecke im Sonnenuntergang für immer zu trennen.

GOFFREDO PARISE

Cuore: Herz

An einem tiefblauen Tag kam ein Mann in einen Bergort, der schwarz war von Dunst und zwischen hohen Gipfeln im Schnee begraben lag: Er ging unter den niedrigen Arkaden entlang und blieb vor einem Souvenirladen stehen, er sah ein Tiroler Pärchen mit der Aufschrift *Zwei Herzen*, und mit einem Mal erinnerte er sich an ein blondes, rosiges, immer als Tirolerin gekleidetes Mädchen, dem er begegnete, wenn er zur Schule ging. Sie sahen sich dann an und erröteten, und eines Abends traf er sie auf einer schmalen, halbverlassenen Straße, bekleidet mit einem Mantel aus rotem Filz mit Kapuze (es schneite), er nahm ihre Hand, und nach einer Weile küßte er sie erst auf eine Wange, die sehr kalt war, dann auf den roten Mund, sie sah ihn dabei mit offenen, reglosen blauen Augen an.

»Wie heißt du?« fragte der Junge, und sie antwortete, immer noch mit weit geöffneten Augen, ganz langsam: »Cu-o-re«. Dann sahen sie sich nicht mehr,und die Jahre vergingen.

Während der Mann die beiden Puppen betrachtete, fragte er sich, wo sie in diesem Augenblick wohl sein könnte, ob sie lebte oder vielleicht nicht mehr, auch am Nachmittag und am Abend dachte er noch an sie und seine Neugierde, sie wiederzusehen, war groß. Ein wenig verlegen rief er vergessene Jugendfreunde an, erklärte sein Anliegen, da er aber nichts von ihr wußte, nur den Vornamen, nicht den Familiennamen, konnte sich niemand an irgend etwas erinnern. Schließlich fand er jemanden mit einem besseren Gedächtnis als die anderen, einen Botaniker mit einem krausen Bärtchen, der in die Vergangenheit versank, ihm erklärte, daß sie verheiratet sei, mit zwei Kindern, in einer Stadt, die nicht weit entfernt war von dem Ort, in dem er sich im Augenblick befand; er machte sogar eine Telefonnummer ausfindig.

Der Mann rief die Nummer an und hörte die Stimme einer Sprechpuppe antworten; sie war es selbst, und sie sagte, sie könne sich an alles erinnern und würde ihn gerne wiedersehen.

»Hast du noch Zöpfe?« fragte der Mann.

»Nein, ich habe kurze Haare.«

»Wie kurz?« fragte er weiter, ohne zu wissen warum, und sie antwortete: »Normal kurz.«

Der Mann sagte, daß er sich an sie als Tirolerin erinnere; sie erinnerte ihn daran, daß so viele Jahre vergangen waren, daß sie jetzt »eine Frau mittleren Alters« sei, daß sie vielleicht eine Enttäuschung für ihn wäre und daß es vielleicht »das Klügste« wäre, sich gar nicht zu sehen. Dann fügte sie noch einen Satz hinzu, der dem Mann sehr schön erschien:

»Auf jeden Fall, auch wenn du keine Lust hast, mich wiederzusehen, ich möchte dich sehr gerne wiedersehen.«

Der Mann fragte sie nach ihrem jetzigen Namen, die Frau lachte und sagte: »Es ist der Name eines der sieben Zwerge, du mußt raten.«

Der Mann sträubte sich (wer erinnerte sich schon an die Namen der sieben Zwerge?), er mußte mit ihrer Hilfe alle Namen aufsagen, bis er zum richtigen kam: Dotto. Die Frau stieß am Telefon einen kurzen Schrei aus.

»Und welcher Arbeit geht Signor Dotto nach?«

»Er ist Nahrungsmittelvertreter.«

Es entstand eine lange Pause, dann verabschiedeten sie sich mit dem Eindruck, daß sie sich viele Dinge zu sagen hatten. »Vielleicht ist sie ein bißchen verrückt, oder auch nur dumm«, sagte sich der Mann, aber ohne es zu wollen, dachte er weiter an sie, in jener Nacht träumte er von ihr, wie er sich an sie erinnerte, als Tirolerin gekleidet, mit Porzellanaugen zwischen langen schwarzen Wimpern mit Schnee darauf, vollkommen reglos und lächelnd.

Am nächsten Tag rief er sie noch einmal an, aber sie war nicht zu Hause, er sprach mit einem Jungen, der eine strenge Stimme hatte und ahnte, daß etwas in der Luft dieses Winters lag.

Um fünf Uhr nachmittags (er hatte ihr gesagt, daß sie ihn immer um diese Zeit erreichen könne), ganz pünktlich, hörte er ihre bedächtige Stimme. Sie blieben eine Weile am Telefon und redeten miteinander, sie sagte, daß sie sehr in ihn verliebt gewesen sei (sie war damals zwölf Jahre alt gewesen), sie überzeugte ihn, und er überzeugte sie von demselben.

»Bist du es immer noch?« fragte der Mann und errötete (er hatte mit solchen Abenteuern nichts im Sinn), und ihre Stimme sagte nach einer langen Pause: »Ich bin verheiratet, wie könnte ich zwei Männer gleichzeitig lieben?« In ihrer Stimme lag großes Staunen, aber kein Tadel, und er wußte nicht, was er antworten sollte. Er sagte ihr, daß er sich tags darauf einige Stunden in der Stadt, in der sie wohnte, aufhalten würde. Sie verabredeten sich vor dem Dom, und er fragte sie nach ihrer Konfektionsgröße, weil er ihr ein Geschenk mitbringen wollte. »Zweiundvierzig, vierundvierzig«, sagte sie glücklich, »aber mach dir bitte keine Umstände.«

Der Mann trat in den Schnee hinaus, verwirrt und beschwingt, er ging in den Souvenirladen, erstand ein Dirndl (die Größe stimmte nicht genau) und machte sich auf den Weg. Während der Fahrt kam ihm fast vollständig der Film *Schneewittchen und die Sieben Zwerge* in den Sinn, wobei ihm auch die an der Straße gelegenen Wälder behilflich waren, und ohne es zu merken, stürzte er in jenen Zustand von Unwirklichkeit, der immer wichtigen Ereignissen im Leben vorausgeht und sie begleitet. Als er vor dem Dom ankam, erblickte er sie sofort zwischen den Passanten: Sie schien ihm unverändert, dasselbe langsame und erstaunte Mädchen wie vor dreißig Jahren.

»Ciao, Cuore«, sagte er, und das Herz schlug ihm bis zum Hals, »du bist ganz dieselbe«, und die Frau stieg ins Auto und sagte lächelnd mit ihrer langsamen und sanften Stimme: »Ciao, auch du bist derselbe.«

Sie fuhren übers Land und an einem Fluß entlang durch den Wald, zwei Stunden lang. Sie redeten, vor allem sie, sehr intelligent und naiv, wie im Märchen, in einfacher und sehr klarer Sprache. Sie drangen tiefer in den Wald ein, wo sie das Dirndl anprobieren wollte,und als sie es anhatte, sagte sie: »Oh, was für ein dunkler Wald«, und nahm ihn bei der Hand; als sie wieder herauskamen, zeigte sie auf das niedrig stehende Getreide auf den Feldern und sagte: »Das Gras ist schon grün.« Auch ihr rundliches rosiges Gesicht mit den großen blauen, weit geöffneten Augen und dem runden rosafarbenen Mund waren natürlich und sehr rein, und der Mann küßte sie: Wie damals stand sie reglos da und sah ihn mit offenen Augen an.

Auf der Rückfahrt fragte der Mann sie: »Gestern, als du am Telefon mit mir gesprochen hast, haben deine Kinder da gehört, was du sagtest?«

Sie wurde ernst: »Ja, es gab auch eine Auseinandersetzung mit meinem Mann. Er ist ein Starrkopf. Er hat gesagt: ›Was will er denn?‹«

Der Mann merkte, daß ihr Gesicht ein wenig verfinstert war und zerstreut wie das von Kindern, die über etwas nicht sprechen wollen oder im Begriff sind zu lügen.

»Und was hast du geantwortet?«

»Nichts, ich habe gesagt, du willst nichts.«

Der Mann beharrte darauf, noch mehr zu erfahren, aber sie war zerstreut und sah vor sich hin, da wechselte er das

Thema. Er fragte sie, ob sie ein Auto habe. Die Frau lachte und sagte: »Mein Mann will nicht, daß ich Autofahren lerne, er sagt, ich sei dumm.«

»Und was machst du den ganzen Tag?«

»Ich bleibe zu Hause, mein Mann will nicht, daß ich ausgehe, er sagt, ich könne nicht einmal die Straße überqueren, stell dir vor. Ich verlasse das Haus nur morgens, um einzukaufen, aber da begleitet mich der Ladenjunge.«

»Hast du kein Hausmädchen?«

»Nein.«

Der Mann hatte während der ganzen Fahrt ihre Hand in der seinen gehalten, einmal küßte er sie, sie roch nach einer einfachen und sehr gängigen Seife; dann küßte er sie auf die Wange und roch den Duft eines Kinderpuders, das auch sehr bekannt war.

»Ich bin sehr glücklich, daß ich dich wiedergesehen habe«, sagte sie und nahm sorgfältig die Schachtel mit dem Dirndl an sich, »und gern würde ich dich immer sehen.« Nach diesem Satz, den sie mit ruhiger und glücklicher Stimme ausgesprochen hatte, fügte sie hinzu: »Du auch?«

Der Mann bejahte durch ein Nicken des Kopfes, und während die Frau aus dem Auto stieg, hörte er sie sagen: »Ich werde dich immer um fünf Uhr anrufen.«

Von diesem Tag an trafen sie sich immer öfter in der Art und zu den Stunden, in denen Geliebte sich sehen, der Mann fragte nie mehr nach ihrem Ehemann und der Familie, sie sprach selten darüber; wenn sie aber darüber sprach, dann wurde ihr Gesicht abwesend. Ihre Bekanntschaft ging nicht viel weiter: Wenn sie sich trafen, sprach der Mann wenig, versunken in das Staunen, in das sie ihn mit ihren Worten und Ausrufen verwickelte, aber auch mit ihren Liebkosungen und den blauen Augen, geöffnet beim Küssen und geschlossen mit den langen schwarzen Wimpern, wenn sie schlief.

Manchmal war der Mann ein wenig unruhig, aber er äußerte es ihr gegenüber nicht, weil er nicht wußte wie. Also sagte er, fast wie zu sich selbst: »Du bist dieselbe geblieben«, und sie antwortete: »Auch du bist derselbe.« Der Mann wußte allerdings sehr genau, daß alles, was menschlich ist, auftaucht und wieder verschwindet, und vielleicht war dies der Grund für seine Unruhe. Sie sahen sich vier Jahre lang, und in dieser Zeit war ihnen, als blieben sie jung und glücklich, dann, eines schönen Tages, kam sie nicht mehr, und er konnte nie wieder etwas von ihr erfahren.

ITALO CALVINO

Mitose

... Und wenn ich sage »sterbensverliebt« *– fuhr Qfwfq fort –*, dann meine ich etwas, von dem ihr keine Ahnung habt, ihr, die ihr glaubt, sich verlieben heiße zwangsläufig, sich in jemand anderes zu verlieben, oder in etwas anderes oder in weiß der Teufel was, jedenfalls so, daß ich hier bin und das, worin ich verliebt bin, ist dort, also eine Beziehung, die sich mit dem Beziehungsleben verbindet, wohingegen ich hier von der Zeit spreche, ehe ich mich mit irgendwas in Beziehung gesetzt hatte, da war eine Zelle, und diese Zelle war ich, und das war alles, sehen wir jetzt nicht nach, ob da noch andere Zellen irgendwo drumherum waren, das spielt keine Rolle, da war diese Zelle, und die war ich, und das ist schon eine ganze Menge, sowas genügt vollauf, dir das Leben zu füllen, und genau von diesem Gefühl der Fülle wollte ich sprechen, ich meine nicht Fülle wegen des Protoplasmas, das ich hatte, denn auch wenn ich in bemerkenswerten Proportionen gewachsen war, war das nichts Außergewöhnliches, man weiß ja schließlich, daß Zellen voller Protoplasma sind, wovon sollten sie sonst voll sein; nein, ich spreche von einem Gefühl der Fülle, das sozusagen, nun ja, das war sozusagen, wenn ihr das Wort erlaubt, Anführungszeichen: spirituell, Abführungszeichen, mit anderen Worten, das Bewußtsein, daß diese Zelle da ich war, dieses Bewußtsein von Fülle, diese Fülle von Bewußtsein, das war so eine Sache, die einen nachts nicht schlafen läßt, die einen ganz aus dem Häuschen bringt, also genau das, was ich vorhin meinte, als ich sagte »sterbensverliebt«.

Jetzt weiß ich schon, daß ihr alle aufschreien werdet, Verliebtheit setze nicht nur das Bewußtsein von sich selbst voraus, sondern auch das Bewußtsein vom andern und so weiter, und darauf kann ich nur antworten, vielen Dank, bis hierhin komme ich schon noch selber, aber wenn ihr nicht ein bißchen Geduld aufbringt, hat es keinen Zweck, daß ich euch die Sache erkläre, und vor allem müßt ihr für einen Moment vergessen, wie ihr euch selber heutzutage verliebt, und wie auch ich mich heutzutage verliebe, wenn ihr mir solche Vertraulichkeiten erlaubt, ich sage Vertraulichkeiten, weil ich sehr wohl weiß, daß wenn ich euch von einer meiner Verliebtheiten heute erzählen würde, dann könntet ihr sagen, es fehle mir an Diskretion, während ich jedoch von der Zeit, als ich ein einzelliges Wesen war, ohne Skrupel sprechen kann, sozusagen objektiv, denn inzwischen ist das alles ja längst verflossen, und auch für mich ist es schon eine Leistung, wenn ich mich noch dran erinnere, und doch, das bißchen, woran ich mich noch erinnere, genügt schon, mich ganz durcheinanderzubringen, von oben bis unten, also wenn ich hier objektiv sage, meine ich das nur sozusagen, so wie's eben geht, wenn man objektiv sagt, und dann mach, was du willst, du gerätst immer ins Subjektive, und darum habe ich meine Schwierigkeiten mit dem, was ich euch erzählen will, weil es immer ins Subjektive abgleitet, ins Subjektive von damals, das nach dem wenigen, was ich davon in Erinnerung habe, eine Sache ist, die einen ganz durcheinanderbringt, von oben bis unten, genau wie das Subjektive von heute, und deswegen habe ich hier Ausdrücke gebraucht, die zwar vielleicht den Nachteil haben, daß sie die Unterschiede zu dem verwischen, was heute anders ist, aber die auch den Vorteil haben, daß sie klarmachen, was das Gemeinsame ist.

Als erstes muß ich hier präzisieren, was ich über meine schwache Erinnerung gesagt habe, das heißt, ich muß darauf hinweisen, daß wenn einige Teile meiner Erzählung viel weniger ausführlich sind als andere, dann soll das nicht heißen, daß sie weniger wichtig wären, sondern nur, daß sie sich weniger tief in meiner Erinnerung festgesetzt haben, weil das, woran ich mich gut erinnere, sozusagen die Anfangsphase meiner Liebesgeschichte ist, ich würde fast sagen, die Vorgeschichte meiner Verliebtheit, mit anderen Worten, über dem schönsten Teil der Liebesgeschichte fällt die Erinnerung auseinander, zerfasert, zerkrümelt, und man hat keine Möglichkeit mehr, sich zu erinnern, was nachher geschieht, ich sage das hier nicht, um mich gegen den Vorwurf zu verwahren, ich wollte euch eine Liebesgeschichte erzählen, an die ich mich selber nicht mehr erinnern kann, sondern um klarzustellen, daß diese Erinnerungsschwäche an einem bestimmten Punkt notwendig ist, damit die Geschichte eben diese und keine andere wird, oder anders gesagt, während für gewöhnlich ja eine Geschichte in dem besteht, was man von ihr in Erinnerung hat, wird hier das Nichterinnern an die Geschichte die Geschichte selbst.

Ich spreche hier also von der Anfangsphase einer Liebesgeschichte, die sich in der Folge vermutlich noch oft wiederholen wird, in einer endlosen Multiplikation von Anfangsphasen ähnlich der ersten, die sich alle mit der ersten identifizieren, einer Multiplikation oder besser Erhebung ins Quadrat, einem exponentiellen Wachstum von Geschichten, die alle so sind, als ob sie die erste wären, allerdings ist es bei all dem nicht so, daß ich mir dessen ganz sicher wäre, ich nehme es an, wie ihr es annehmen könnt, ich beziehe mich auf eine Anfangsphase, die den anderen Anfangsphasen vorausgeht, eine erste Phase, die es schließlich gegeben haben muß, weil erstens ist es ja logisch zu erwarten, daß es sie gegeben hat, und zweitens weil ich mich noch sehr gut daran erinnern kann, und wenn ich sage, daß es die erste war, meine ich nicht die erste im absoluten Sinn, euch würde es wohl gefallen, daß ich es so meinte, aber mir nicht, sondern ich meine die erste in dem Sinn, daß wir eine beliebige dieser Anfangsphasen, die immer gleich sind, als die erste betrachten können, und daß die, auf die ich mich hier beziehe, einfach diejenige ist, die ich in Erinnerung habe, in Erinnerung als die erste in dem Sinne, daß ich mich an keine vorher erinnern kann, und welche die erste im absoluten Sinn ist, weiß der Kuckuck, das ist mir egal.

Fangen wir also mal so an: Da ist eine Zelle, und diese Zelle ist ein einzelliger Organismus, und dieser einzellige Organismus bin ich, und ich weiß es und bin's zufrieden. Soweit nichts Besonderes. Jetzt versuchen wir mal, uns diese Situation in der Zeit und im Raum vorzustellen. Die Zeit verstreicht, und ich, immer zufriedener, daß ich da bin und *ich* bin, bin auch immer zufriedener, daß die Zeit da ist und ich in der Zeit bin, oder daß die Zeit verstreicht und ich die Zeit verstreichen lasse und die Zeit mich verstreichen läßt, also zufrieden, daß ich in der Zeit enthalten bin, daß ich der Inhalt der Zeit bin, ja ihr Behälter, kurz, daß ich mit meinem Dasein das Verstreichen der Zeit anzeige, und das müßt ihr anerkennen, dadurch entsteht langsam ein Gefühl der Erwartung, einer frohen, hoffnungsvollen Erwartung, ja einer Ungeduld, einer festlichen Ungeduld, einer festlich erregten jugendlichen Ungeduld, und zugleich einer Sehnsucht, einer jugendlich erregten und im Grunde schmerzlichen Sehnsucht, einer zehrend schmerzlichen, unerträglichen Anspannung voller Ungeduld. Zudem muß man sich vergegenwärtigen, daß dasein auch im Raum sein heißt, und ich war praktisch randvoll eingefüllt in den Raum, so weit ich reichte, mit dem ganzen Raum drum herum, bei dem ich, auch wenn ich keine Wahrnehmung von ihm hatte, durchaus kapierte, daß er nach allen Seiten weiterging, dieser Raum, bei dem es jetzt nicht darauf ankommt nachzusehen, was er sonst noch alles enthielt, ich war voll auf mich selbst konzentriert und kümmerte mich um meinen Kram, ich hatte ja nicht mal eine Nase zum Naserausstrecken oder ein Auge zum Nachsehen, was es draußen gab und was nicht, aber das Gefühl, daß ich Raum besetzte, das hatte ich wohl, das Gefühl, mich darin zu räkeln, mit meinem Protoplasma in alle Richtungen zu wachsen, aber wie gesagt, ich will hier nicht auf diesem quantitativen und materiellen Aspekt insistieren, ich will vor allem von der Zufriedenheit sprechen und von der Ungeduld, etwas mit diesem Raum zu machen, die Zeit zu haben, um einen Genuß aus dem Raum zu ziehen, und den Raum zu haben, um etwas im Verstreichen der Zeit verstreichen zu lassen.

Bis hierher habe ich Zeit und Raum auseinandergehalten, damit ihr mich besser versteht, oder besser, damit ich selber besser verstehe, was ich euch verständlich machen muß, aber damals hatte ich nicht sehr genau unterschieden, was das eine und was das andere war. Ich war einfach da, an jenem Punkt und in jenem Moment, versteht ihr? – und dann war da ein Außen, das mir vorkam wie eine Leere, die ich in einem anderen Moment oder Punkt auch hätte besetzen können, in einer Reihe von anderen Momenten oder Punkten, also eine potentielle Projektion von mir, in der ich aber nicht war, also eine Leere, die praktisch die Welt und die Zukunft war, was ich aber noch nicht wußte, eine Leere, weil mir die Wahrnehmung noch nicht gegeben war, und in puncto Vorstellungskraft war ich noch viel weiter zurück, und in puncto geistige Kategorien war ich eine Katastrophe, aber ich hatte diese Zufriedenheit darüber, daß da draußen außerhalb von mir diese Leere war, die nicht *ich* war, die vielleicht irgendwann einmal ich werden könnte, denn *ich* war das einzige Wort, das ich kannte, das einzige Wort, das ich hätte deklinieren können, eine Leere, die irgendwann einmal *ich* würde sein können, aber in jenem Moment war sie's nicht und im Grunde würde sie es nie sein, es war die Entdeckung von etwas anderem, das zwar noch kein Etwas war, aber das jedenfalls nicht *ich* war, oder besser gesagt, das nicht ich in jenem Moment und an jenem Punkt war und das daher etwas anderes sein mußte, und diese Entdeckung erfüllte mich mit einem beglückenden Enthusiasmus, nein, mit einem beklemmenden, mit einer schwindelerregenden Beklemmung, mit dem Schwindelgefühl einer Leere, die das ganze Mögliche war, das ganze mögliche Anderswo Anderswann Anderswie, das Komplement jener Fülle, die für mich das Ganze war, und so strömte ich über vor Liebe zu diesem stummen und leeren Anderswo Anderswann Anderswie.

Ihr seht also, als ich vorhin »verliebt« sagte, habe ich etwas gar nicht so Abwegiges gesagt, und als ihr mich immerzu unterbrechen wolltet mit eurem: »Verliebt in sich selbst, haha, verliebt in sich selbst«, da habe ich gut daran getan, nicht auf euch zu hören und mir den Ausdruck nicht verbieten zu lassen, denn wie ihr jetzt seht, war die Verliebtheit schon damals verzehrende Leidenschaft für das Außer-Mir, war die Entfesselung dessen, der sich windet, um aus sich selbst auszubrechen, so wie ich mich damals in Zeit und Raum wand, sterbensverliebt.

Um gut zu erzählen, wie sich die Dinge entwickelt haben, muß ich euch daran erinnern, was ich damals war: eine Masse von Protoplasma, also eine Art Fruchtfleischkloß mit einem Kern in der Mitte. Nun, ich sage das nicht, um mich interessant zu machen, aber in diesem Kern hatte ich ein sehr intensives Leben. Physisch war ich ein Individuum in voller Blüte und – naja, genug davon, es scheint mir indiskret, die Aufmerksamkeit auf diesen Punkt zu lenken; ich war jung, gesund und im Vollbesitz meiner Kräfte, womit ich keineswegs ausschließen will, daß ein anderer, der sich in schlechterer Verfassung befunden hätte, mit dünnem und verwässertem Zytoplasma, nicht auch größere Gaben hätte an den Tag legen können. Wichtig für das, was ich euch hier erzählen will, ist, wieviel von meinem physischen Leben sich in meinem Kern niederschlug; ich sage physisch hier nicht, weil es eine Unterscheidung zwischen physischem und irgendwie anders geartetem Leben gegeben hätte, sondern um euch begreiflich zu machen, wie sehr das physische Leben in meinem Kern den Punkt seiner höchsten Verdichtung, Sensitivität und Spannung hatte, so daß, während ich um ihn herum ganz ruhig und selig in meinem weißlichen Fruchtfleisch ruhte, mein Kern an dieser Ruhe und Seligkeit des Zytoplasmas auf seine kernige Weise teilhatte, nämlich indem er die dichte Körnung und Sprenkelung, die ihn schmückte, noch unterstrich und verdichtete, und so verbarg ich in mir eine höchst intensive Kerntätigkeit, die im übrigen nur meinem äußeren Wohlsein entsprach, so daß ich sagen kann, je zufriedener ich mit meinem Ich-Sein war, desto mehr lud sich mein Kern mit dieser dichten Ungeduld auf, und all das, was ich war, und all das, was ich allmählich wurde, fand sich am Ende im Kern wieder, absorbiert, registriert und akkumuliert zu einem verschlungenen Ineinander von Spiralen, die sich abwechselnd zusammen- und auseinanderdrehten, so daß ich auch sagen könnte, ich hätte alles, was ich wußte, im Kern gewußt, wenn damit nicht die Gefahr bestünde, daß ihr dann glaubt, der Kern hätte eine vom Rest getrennte oder gar dem Rest entgegengesetzte Funktion gehabt, während doch klar ist, daß wenn es einen regen und impulsiven Organismus gibt, in dem man solche Differenzierungen nicht machen kann, dann ist es der einzellige Organismus, allerdings will ich auch nicht in der anderen Richtung übertreiben, so daß ihr jetzt quasi an die chemische Homogenität eines hingepflatschten anorganischen Tropfens denkt, ihr wißt besser als ich, wie viele Differenzierungen es im Innern einer Zelle gibt, und sogar im Innern des Zellkerns, der bei mir, wie gesagt, ganz gesprenkelt war, sommersprossig, übersät mit Fädchen und Fusseln und Stäbchen, und jedes dieser Fädchen, Fusseln, Stäbchen oder Chromosomen hatte eine präzise Beziehung zu irgendeiner Besonderheit dessen, was ich war. Jetzt könnte ich eine etwas gewagte Behauptung aufstellen und sagen, daß ich nichts anderes als die Summe all dieser Fädchen oder Stöckchen oder Stäbchen war, eine Behauptung, die man bestreiten kann unter Verweis auf die Tatsache, daß ich schließlich ganz Ich-im-Ganzen und nicht bloß ein Teil von mir war, aber die man auch vertreten kann, indem man präzisiert, daß diese Stäbchen mein Ich übersetzt in Stäbchen waren, ich meine das, was sich von mir in Stäbchen übersetzen ließ, um dann eventuell wieder in mich zurückübersetzt zu werden. Und daher meine ich, wenn ich von intensivem Leben des Kerns spreche, nicht so sehr das Gewimmel oder Gewusel all dieser Stäbchen im Innern des Kerns, sondern eher die Nervosität eines Individuums, das sich bewußt ist, all diese Stäbchen zu haben, all diese Stäbchen zu sein, aber das auch weiß, daß da etwas ist, was sich nicht mit diesen Stäbchen darstellen läßt, eine Leere, von der diese Stäbchen nur das Leere verspüren können. Also genau jenen Drang nach draußen, zum Anderswo Anderswie, der dann ja das ist, was man ein Verlangen nennt.

Über dieses Verlangen spricht man besser etwas präziser: Ein Zustand des Verlangens oder Begehrens tritt ein, wenn man aus einem Zustand der Befriedigung übergeht in einen Zustand zunehmender Befriedigung und dann, gleich darauf, in einen Zustand unbefriedigender Befriedigung, also in ein Verlangen. Es stimmt nicht, daß der Zustand des Verlangens eintritt, wenn etwas fehlt; wenn etwas fehlt, muß man ohne es auskommen, und wenn es etwas Unverzichtbares ist, muß man eben auf eine lebenswichtige Funktion verzichten, und so gelangt man rasch zu einem sicheren Tod. Ich will damit sagen, daß in einem Zustand reinen und schlichten Mangels nichts wachsen kann, nichts Gutes und auch nichts Schlechtes. Aber einen Zustand reinen und schlichten Mangels gibt es, soweit ich weiß, nicht in der Natur: Mangel erfährt man immer nur im Kontrast zu einer vorausgegangenen Befriedigung, und es ist die Befriedigung, in der alles wächst, was wachsen kann. Und es stimmt auch nicht, daß ein Verlangen notwendig etwas voraussetzt, was man gern hätte; das begehrte Etwas beginnt erst zu existieren, wenn sich der Wunsch danach regt; nicht weil dieses Etwas vorher nicht begehrt worden wäre, sondern weil vorher noch keiner wußte, was es war, und daher ist es, wenn das Verlangen sich regt, genau dieses Etwas, das dann zu existieren beginnt, dieses Etwas, das, wenn alles gut geht, am Ende das Begehrte ist, aber es kann auch irgend etwas Beliebiges bleiben, einfach aus Mangel an einem, der es begehrt und der in seinem Begehren auch aufhören könnte zu sein, wie im vorliegenden Fall des »Sterbensverliebten«, bei dem man noch nicht genau weiß, wie er enden wird. Also, um an den Punkt zurückzukehren, wo wir stehengeblieben waren, sage ich jetzt: mein Verlangen war einfach auf ein Anderswo Anderswann Anderswie gerichtet, das womöglich auch etwas enthalten konnte (oder sagen wir: die Welt) oder auch bloß mich selbst, oder mich in Beziehung zu etwas (oder zur Welt) oder etwas (die Welt) ohne dann noch mich.

Im Bemühen, diesen Punkt zu präzisieren, bin ich jetzt, merke ich gerade, wieder auf allgemeine Begriffe verfallen und habe das Terrain, das ich durch die vorigen Präzisierungen gewonnen hatte, wieder verloren, wie es ja häufig in Liebesgeschichten passiert. Ich war dabei klarzumachen, was mit mir geschah, indem ich berichtete, was mit meinem Kern geschah und besonders mit den Chromosomen im Kern: wie sich durch sie in mir das Bewußtsein von einer Leere bildete, von einer Leere außer mir und außer ihnen, das spasmisch aufzuckende Bewußtsein, das mich durch sie zu etwas drängte, ein Zustand des Verlangens, der, auch wenn man sich kaum regen kann, sofort zu einer Regung des Verlangens wird. Diese Regung des Verlangens blieb im Grunde ein Verlangen nach Regung, ein Drang nach Bewegung, wie es einem passiert, wenn man sich nirgendwohin bewegen kann, weil die Welt nicht da ist oder weil man nicht weiß, daß sie da ist, und wenn sich dann das Verlangen regt, etwas zu tun, irgendwas. Doch wenn man nichts tun kann, weil die äußere Welt fehlt, bleibt das einzige, was man gerade noch schafft, indem man seine wenigen Kräfte zusammenrafft, jene besondere Art von Tun, die das Reden ist. Mit anderen Worten, ich sah mich zum Reden gedrängt, zum Sagen, mein Verlangen, mein Zustands-Regungs-Verlangen nach Regung-Verlangen-Liebe trieb mich zum Sagen, und da das einzige, was ich zu sagen hatte, ich selber war, sah ich mich gedrängt, mich selber zu sagen, also mich auszudrücken. Ich will das gleich präzisieren: Wenn ich eben sagte, zum Reden brauche man nur sehr wenige Kräfte, war das nicht ganz korrekt, also korrigiere ich mich: zum Reden braucht man eine Sprache, und bitte entschuldigt, wenn ich das wenig genannt habe. Ich hatte als Sprache all jene Fädchen und Stäbchen, genannt Chromosomen, um mich selbst zu wiederholen, also brauchte ich bloß jene Fädchen und Stäbchen zu wiederholen, um mich selbst zu wiederholen, ich meine damit, mich als Sprache zu wiederholen, was, wie ihr sehen werdet, der erste Schritt ist, mich als Ganzes zu wiederholen, was aber dann, wie ihr weiter sehen werdet, keineswegs mehr bloß wiederholen ist. Doch was ihr sehen werdet, das seht ihr besser zu seiner Zeit, denn wenn ich weiter so Präzisierungen innerhalb anderer Präzisierungen mache, finde ich nie mehr raus.

Richtig ist, daß man hier sehr aufmerksam vorgehen muß, um nicht in Ungenauigkeiten zu verfallen. Diese ganze Situation, die ich euch zu erzählen versucht und zu Beginn als »Verliebtheit« definiert habe, um dann zu erklären, wie das Wort zu verstehen ist, dies alles schlug sich also im Innern des Zellkerns nieder, in einer quantitativen und energetischen Anreicherung der Chromosomen, ja in ihrer fröhlichen Verdoppelung, denn jedes Chromosom wiederholte sich in einem zweiten Chromosom. Wenn man vom Kern spricht, kommt es einem ganz natürlich unter, ihn mit dem Bewußtsein gleichzusetzen, was freilich nur eine etwas grobe Vereinfachung ist, aber auch wenn die Dinge wirklich so lägen, würde dies nicht das Bewußtsein implizieren, daß man eine doppelte Anzahl von Stäbchen besitzt, denn da jedes Stäbchen ja eine Funktion hatte, da jedes ja, um auf die Metapher der Sprache zurückzukommen, ein Wort war, konnte die Tatsache, daß ein und dasselbe Wort zweimal vorkam, nichts an dem ändern, was ich war, bestand ich doch aus dem Sortiment oder Vokabular der verschiedenen Wörter oder Funktionen, die mir zur Verfügung standen, und die Tatsache, daß ich doppelte Wörter hatte, schlug sich in jenem Gefühl der

Fülle nieder, von dem ich eingangs sagte, es sei sozusagen, in Anführungszeichen, spirituell gewesen, und jetzt seht ihr, daß die Anführungszeichen eine Anspielung auf die Tatsache waren, daß es sich im Grunde um eine ganz materielle Geschichte von Fädchen oder Stäbchen oder Stöckchen handelte, die aber deswegen nicht weniger fröhlich und energetisch war.

Bis hierher kann ich mich sehr gut erinnern, denn die Erinnerungen an den Kern, mag er nun Bewußtsein gewesen sein oder nicht, behalten eine größere Deutlichkeit. Aber diese Spannung, von der ich gesprochen habe, übertrug sich mit der Zeit auf das Zytoplasma, und so erfaßte mich ein Bedürfnis, mich langzustrecken, so breit ich war, bis zu einer Art von zuckendem Starrkrampf der Nerven, die ich nicht hatte; infolgedessen verengte sich das Zytoplasma, als wollten seine beiden Enden einander entfliehen, verengte sich zu einem spindelförmigen Bündel faseriger Materie, das nicht mehr und nicht weniger zitterte als der Kern. Ja, es war schwierig geworden, noch zwischen Kern und Zytoplasma zu unterscheiden: der Kern hatte sich gleichsam aufgelöst, und die Stäbchen schwebten auf halber Höhe in diesem Bündel gespannter und zuckender Fasern, ohne sich jedoch zu zerstreuen, allesamt umeinanderkreisend wie ein Karussell.

Von der Explosion des Kerns hatte ich, um die Wahrheit zu sagen, kaum etwas bemerkt: ich fühlte mich mehr denn je ganz ich selbst, und zugleich hatte ich das Gefühl, nicht mehr ich selbst zu sein, als wäre dieses ganze Ich-Selbst ein Ort, an dem es alles gab außer mir; mit anderen Worten, ich hatte das Gefühl, bewohnt zu sein, nein: mich zu bewohnen, nein: ein von anderen bewohntes Ich zu bewohnen, nein: als würde in mir ein anderer von anderen bewohnt. Was ich jedoch erst jetzt bemerkte, war die Tatsache der Verdoppelung, die ich vorher, wie gesagt, nicht klar erkannt hatte. Auf einmal fand ich mich von einer Unzahl Chromosomen erfüllt, die allesamt kreuz und quer durcheinanderwuselten, weil sich die Chromosomenzwillingspaare getrennt hatten, so daß ich nichts mehr begriff. Beziehungsweise: angesichts der stummen unbekannten Leere, in die ich mich liebend versenkt hatte, empfand ich das Bedürfnis, etwas zu sagen, etwas, das meine Präsenz wiederherstellte, aber in jenem Moment schienen mir die Worte, die ich zur Verfügung hatte, unzählig viele geworden zu sein, zu viele, um sie in etwas ordnen zu können, was noch ich selbst gewesen wäre, mein Name, mein neuer Name.

Ich erinnere mich an noch etwas anderes: wie ich bemüht war, aus diesem Zustand chaotischer Verstopfung, in der vergeblichen Suche nach einer Erleichterung, zu einer mehr ausgewogenen und geordneten Verstopfung überzugehen, das heißt zu erreichen, daß sich ein komplettes Sortiment Chromosomen auf die eine Seite und ein anderes auf die andere Seite verteilte, so daß der Kern, beziehungsweise jenes wirbelnde Kreiseln von Stäbchen, das an die Stelle des explodierten Kerns getreten war, irgendwann schließlich eine symmetrische, spiegelbildliche Form annahm, gleichsam durch Auffächerung seiner Kräfte, um die Provokation der stummen unbekannten Leere zu beherrschen, dergestalt, daß die Verdoppelung, die zunächst nur die einzelnen Stäbchen betraf, nun den Kern in seiner Gesamtheit umfaßte, also das, was ich noch immer als einen einzigen Kern betrachtete und als solchen funktionieren zu lassen bemüht war, obwohl es nur noch ein Wirbeln von Teilchen war, das sich allmählich in zwei getrennte Wirbel zerteilte.

Hier muß ich präzisieren, daß diese Teilung nicht etwa so verlief, daß die alten Chromosomen nach einer Seite und die neuen nach der anderen gingen, denn wenn ich es euch nicht vorher erklärt habe, tue ich's jetzt: jedes Stäbchen hatte, nachdem es dicker geworden war, sich der Länge nach mittendurchgespalten, so daß sie alle gleich alt und neu waren. Dies ist wichtig, weil ich vorhin das Verb *wiederholen* gebraucht hatte, das wie immer ein bißchen ungefähr war und die falsche Vorstellung wecken konnte, es hätte ein originales Stäbchen und eine Kopie gegeben, und auch das Verb *sagen* war eher fehl am Platze, obwohl mir der Satz mit dem »mich selber sagen« besonders gut gelungen ist, fehl am Platze insofern, als man zum Sagen ja einen braucht, der sagt, sowie etwas, das gesagt wird, und dies war damals nun gerade nicht der Fall.

Kurzum, es ist schwierig, in präzisen Begriffen die Unbestimmtheit verliebter Seelenlagen zu definieren, die in einer ungeduldigen Freude auf den Besitz einer Leere bestehen, in einer begehrlichen Erwartung dessen, was mir aus der Leere womöglich entgegenkommt, und zugleich auch im Schmerz darüber, noch zu entbehren, was mich mit ungeduldig begehrlicher Erwartung füllt, im verzehrenden Schmerz des Gefühls, schon potentiell verdoppelt zu sein, um etwas potentiell zu besitzen, was potentiell mein ist, aber noch gezwungen zu sein, es nicht zu besitzen, nicht als mein zu betrachten und folglich als potentiell einem anderen gehörig, was ich potentiell schon besitze. Der Schmerz, ertragen zu müssen, daß das potentiell Meine potentiell – oder gar, soviel ich wußte, auch faktisch – einem anderen gehört, dieser begehrliche eifersüchtige Schmerz ist ein Zustand von solcher Fülle, daß er uns glauben macht, Verliebtheit bestehe insgesamt nur aus Schmerz, so daß also die begehrliche Ungeduld nichts anderes sei als eifersüchtige Verzweiflung und das Drängen der Ungeduld nichts anderes als Drang der Verzweiflung, die sich in sich selbst verbohrt und immer verzweifelter wird, mit der Fähigkeit jeder Verzweiflungspartikel, sich zu verdoppeln und symmetrisch auf die analogen Partikel zu verteilen, um aus dem eigenen Zustand hinauszustreben und in einen anderen Zustand einzutreten, der womöglich noch schlimmer ist, aber den ersten zerfetzt und zerstückelt.

In diesem Ziehen und Zerren zwischen den beiden Wirbeln bildete sich allmählich ein Zwischenraum, und das war der Moment, da mir meine Verdoppelung klarzuwerden begann, zuerst als eine Aufspaltung des Bewußtseins, gleichsam wie ein Schielen meiner Präsenz, des Präsenzgefühls meines ganzen Ich-Selbst, denn nicht nur mein Kern war von diesen Phänomenen betroffen, ich sagte ja schon, daß alles, was dort geschah, in den Stäbchen des Kerns, sich in dem niederschlug, was in der Ausdehnung meiner zur Spindel gedehnten physischen Person geschah, gesteuert von ebenjenen Stäbchen. So gruppierten sich auch meine Zytoplasmafasern immer mehr in zwei entgegengesetzte Richtungen und verdünnten sich in der Mitte so sehr, daß es schien, als hätte ich zwei gleiche Körper, einen hüben und einen drüben, verbunden durch einen dünnen Strang, der dünner und dünner wurde, bis er nur noch ein Faden war, und in diesem Moment hatte ich zum ersten Mal das Bewußtsein der Pluralität, zum ersten und letzten Mal, denn es war bereits spät, ich fühlte die Pluralität in mir als Abbild und Schicksal der Pluralität der Welt, ich hatte das Gefühl, ein Teil der Welt zu sein, verloren in der Welt ohne Zahl, und zugleich hatte ich deutlich noch das Gefühl, ich selbst zu sein, ich sage Gefühl und nicht mehr Bewußtsein, denn wenn wir uns darauf geeinigt haben, Bewußtsein das zu nennen, was ich im Kern fühlte, waren es nun ja zwei Kerne geworden, und jeder zerriß die letzten Fasern, die ihn noch mit dem anderen verbanden, und jeder übertrug nun für sich, übertrug nun für mich, für mich in verdoppelter Weise unabhängig vom anderen das Bewußtsein fast stammelnd, zerriß die letzten Fasern, Gedächtnis, Erinnerungen.

Ich meine, das Gefühl, ich zu sein, kam jetzt nicht mehr aus den Kernen, sondern aus jenem Rest von zusammengeschnürtem und ausgewrungenem Plasma dazwischen, und es war immer noch wie ein fadenförmiges Wirbeln von Fülle, wie ein Delirium, in dem ich alle Diversitäten der pluralen Welt in Fadenform ausgestrahlt sah von meiner ersten und einzigen Kontinuität. Und im selben Moment bemerkte ich, daß mein Austreten aus mir selbst ein Ausbrechen ohne Rückkehr war, ohne die Möglichkeit einer Wiederherstellung jenes Ich, das ich da, merke ich, gerade wegwerfe, ohne es jemals wiederbekommen zu können, und dann ist es die Agonie, die triumphierend hereinbricht, denn das Leben ist schon woanders, schon stiften Erinnerungsblitze anderer, verdoppelte, nicht überlagerte Blitze der Zellen anderer, die Beziehung der neugeborenen Zelle, die Beziehung zum neuen Selbst und zum Rest.

Alles, was nachher kam, verliert sich in der zersplitterten und vervielfältigten Erinnerung wie das Sichausbreiten und Sichwiederholen in der Welt der erinnerungslosen sterblichen Individuen, doch schon einen Augenblick vor dem Beginn des Nachher begriff ich alles, was kommen mußte, die Zukunft oder die Schließung des Ringes, die heute geschieht oder auch schon damals geschah oder verzweifelt zu geschehen bemüht war, ich begriff, daß dieses Aufbrechen-und-aus-sich-selbst-Heraustreten, das Geburt und Tod sind, im Kreise gehen würde, sich umwandeln würde aus Verengung und Bruch zu Interpenetration und Vermischung asymmetrischer Zellen, die summieren, was an Botschaften durch Trillionen von Trillionen sterblicher Verliebtheiten immerzu wiederholt worden ist, ich sah meine sterbliche Verliebtheit umkehren und wieder auf die Suche nach der ursprünglichen oder letzten Vereinigung gehen, ich sah all die Wörter, die in der Erzählung meiner Liebesgeschichte ungenau waren, genau werden und doch den genauen Sinn von vorher behalten, ich sah die Verliebtheiten sich entzünden im Dschungel der Pluralität der Geschlechter und der Individuen und der Gattungen, sah das leere Schwindelgefühl sich auffüllen mit den Formen der Gattungen und Individuen und Geschlechter und doch immerzu jenen Riß in mir selbst wiederholen, jenes Aufbrechen und Hinaustreten, jenes Mich-Aufbrechen und Aus-mir-selbst-Hinaustreten, Delirium jenes unmöglichen Tuns, das zum Reden und Sagen drängt, und jenes unmöglichen Sagens, das zum Sich-selbst-Sagen drängt, auch wenn das Selbst sich zerteilt in ein Selbst, das sagt, und ein Selbst, das gesagt wird, in ein sagendes Selbst, das mit Sicherheit sterben wird, und ein gesagtes Selbst, das manchmal zu leben riskiert, in ein vielzelliges einzigartiges Selbst, das unter seinen Zellen auch jene eine bewahrt, die, indem sie sich selbst wiederholt, die geheimen Worte des Vokabulars wiederholt, das wir sind, und in ein einzelliges unzählig vielfaches Selbst, das sich in unzählig viele Zellen-Worte ergießen kann, von denen nur jenes eine, das dem komplementären Zellen-Wort begegnet, also dem asymmetrischen anderen Selbst, versuchen wird, die kontinuierliche und fragmentierte Geschichte fortzusetzen, doch wenn es ihm nicht begegnet, macht es nichts, ja in dem Fall, von dem ich hier sprechen will, war es überhaupt nicht vorgesehen, daß es ihm begegnete, ja zu Beginn wird man sogar tunlichst vermeiden, daß es passiert, denn wichtig ist nur die Anfangs- oder gar Vorphase, die sich in jeder weiteren Anfangs- oder gar Vorphase wiederholt, die Begegnung der verliebten und sterblichen Selbste, der im besten Fall verliebten und in jedem Fall sterblichen Selbste, wichtig ist der Moment, in dem man, während man sich von sich selbst losreißt, blitzartig die Vereinigung von Vergangenheit und Zukunft spürt, so wie ich in jenem Mich-Losreißen von mir selbst, das ich euch eben jetzt hier zu Ende erzählt habe, schon alles sah, was geschehen mußte, wenn ich mich heute verlieben würde, in einem Heute, das vielleicht der Zukunft, vielleicht der Vergangenheit angehört, aber gewiß auch zeitgenössisch ist mit jenem letzten einzelligen Augenblick und in ihm enthalten, ich sah, wer mir da entgegenkam aus der Leere des Anderswo Anderswann Anderswie, mit Name Zuname Adresse rotem Knautschlackmantel schwarzen Stiefeletten Pony und Sommersprossen: Priscilla Langwood, chez Madame Lebras, cent-quatre-vingt-treize Rue Vaugirard, Paris quinzième.

PRIMO LEVI
Lilith

Im Laufe weniger Minuten hatte sich der Himmel geschwärzt, und es begann zu regnen. Bald darauf schwoll der Regen an und wurde zu einem anhaltenden Guß, und die fette Erde des Bauplatzes verwandelte sich in eine spannentiefe Schlammschicht; nicht nur das Arbeiten mit der Schaufel, selbst das Aufrechtstehen wurde unmöglich. Der Kapo befragte den zivilen Polier und sagte uns dann, jeder sollte Schutz suchen, wo er wollte. Um uns verstreut lagen große Stücke von Eisenröhren, fünf, sechs Meter lang und einen Meter im Durchmesser. Ich kroch in ein solches Rohr hinein und traf in der Mitte mit dem »Tischler« zusammen, der auf denselben Gedanken verfallen und vom andern Ende in das Rohr gekrochen war.

Bei uns war der »Tischler« nur unter dieser Berufsbezeichnung bekannt. Es gab außerdem den »Schmied«, den »Russen«, den »Blödian«, zwei »Schneider« (nämlich: den »Schneider« und den »andern Schneider«), den »Galizier« und den »Langen«; ich war lange Zeit der »Italiener« und dann entweder Primo oder Alberto, weil ich mit einem anderen verwechselt wurde.

Der Tischler war also Tischler und sonst nichts, aber er sah nicht aus wie ein Tischler, und wir argwöhnten alle, daß er gar keiner sei; es war seinerzeit gang und gäbe, daß sich ein Diplomingenieur als Mechaniker oder ein Journalist als Drucker registrieren ließ: so konnte man auf eine bessere Arbeit als die eines Handlangers hoffen, ohne den Zorn der Nazis auf die Intellektuellen zu entfesseln. Wie dem auch sei, der Tischler war der Zimmererwerkstatt zugeteilt worden und kam mit dem Handwerk ganz gut zurecht. Er sprach, was für einen polnischen Juden ungewohnt war, ein bißchen Italienisch: das hatte ihm sein Vater beigebracht, der 1917 von den Italienern gefangengenommen und in ein Lager, jawohl, in ein *Lager*, irgendwo in der Nähe von Turin, gebracht worden war. Die Mehrzahl der Kameraden seines Vaters war an der spanischen Grippe gestorben, und tatsächlich kann man heute noch ihre exotischen Namen, ungarische, polnische, kroatische, deutsche Namen, an einer Urnenhalle auf dem Turiner Hauptfriedhof lesen, ein Besuch, der einen mit Leid erfüllt, wenn man an all diese über die Welt verstreuten

Toten denkt. Auch sein Vater war erkrankt, aber geheilt worden.

Das Italienisch des Tischlers war amüsant und mangelhaft: es bestand hauptsächlich aus Fetzen von Libretti italienischer Opern, für die sein Vater geschwärmt hatte. Oftmals hatte ich ihn bei der Arbeit vor sich hin trällern hören: »ich büße dies mit meinem Blute« und »lasset uns trinken aus heiterem Kelche«. Seine Muttersprache war Jiddisch, aber er sprach auch deutsch, und wir verstanden uns ohne Mühe. Den Tischler mochte ich, weil er sich nicht dem Stumpfsinn überließ: sein Schritt war trotz der Holzpantinen flink; seine Rede sorgsam und präzise, seine Miene lebhaft, lachend und traurig. Manchmal gab er abends eine Vorstellung auf jiddisch, wobei er Anekdötchen erzählte oder Abzählreime rezitierte, und mir tat es leid, daß ich ihn nicht verstand. Bisweilen sang er auch, und dann klatschte niemand Beifall, sondern alle blickten zu Boden, doch wenn er fertig war, bat man ihn, noch einmal von vorn zu beginnen.

Diese unsere gleichsam hündische Begegnung auf allen vieren hatte ihn erheitert: wenn es doch jeden Tag so gegossen hätte! Aber dies war ein besonderer Tag: es regnete ihm zuliebe, denn dies war sein Geburtstag: fünfundzwanzig wurde er. Nun wollte es der Zufall, daß ich an demselben Tag ebenfalls fünfundzwanzig wurde: wir waren Zwillinge. Der Tischler sagte, dies sei ein Datum zum Feiern, denn wir würden wohl schwerlich unseren nächsten Geburtstag noch feiern können. Er holte einen halben Apfel aus der Tasche, schnitt eine Scheibe davon ab und schenkte sie mir, und das war in einem Jahr Haft das einzige Mal, daß ich von einer Frucht kostete.

Wir kauten schweigend und genossen den köstlichen säuerlichen Geschmack wie eine Sinfonie. In der Röhre uns gegenüber hatte eine Frau Zuflucht gesucht: jung, in schwarze Tücher gehüllt, vielleicht eine Ukrainerin von der Organisation Todt. Sie hatte ein breites rotes Gesicht, das vom Regen glänzte, sie schaute uns an und lachte; provozierend gleichgültig kratzte sie sich unterm Rock, löste dann ihr Haar, kämmte sich in aller Ruhe und begann sich die Zöpfe neu zu flechten. Es passierte seinerzeit höchst selten, daß man eine Frau aus der Nähe zu Gesicht bekam, und es war eine süße und grausame Erfahrung, die einen ermattet zurückließ.

Der Tischler merkte, daß ich sie betrachtete, und fragte mich, ob ich verheiratet sei. Nein, das war ich nicht; er fixierte mich mit drolliger Strenge im Blick, in unserem Alter

Junggeselle zu sein ist Sünde. Dennoch wandte er sich um und betrachtete seinerseits eine Weile das Mädchen. Sie war fertig mit dem Zöpfeflechten, hatte sich in ihrer Röhre hingekauert und trällerte mit wiegendem Kopfe vor sich hin.

»Das ist Lilith«, sagte der Tischler plötzlich zu mir.

»Kennst du sie? So heißt sie?«

»Ich kenne sie nicht, aber ich erkenne sie. Das ist sie, Lilith, Adams erste Frau. Weißt du nicht die Geschichte von Lilith?«

Ich wußte sie nicht, und er lachte nachsichtig: man weiß ja, die Westjuden sind alle Epikureer, *Apikojrssim*, Ungläubige. Dann fuhr er fort: »Hättest du die Bibel genau gelesen, würdest du dich erinnern, daß die Geschichte von der Schöpfung der Frau zweimal erzählt wird, auf zweierlei Art: aber ach, euch da lehren sie ein bißchen Hebräisch mit dreizehn, und aus ist ...«

Es begann sich eine typische Situation und ein Spiel abzuzeichnen, das ich gern hatte, der Disput zwischen dem Frommen und dem Ungläubigen, der per Definition unwissend ist und den der Gegner, indem er ihm seinen Irrtum aufzeigt, zum »Zähnefletschen« bringt. Ich nahm meine Rolle an und erwiderte mit gebührender Dreistigkeit: »Ja, sie wird zweimal erzählt, aber das zweite Mal ist nur der Kommentar zum ersten Mal.«

»Falsch. So begreift es, wer nicht durchdringt die Oberfläche. Schau mal, wenn du richtig liest und nachdenkst über das, was du liest, dann merkst du, daß in der ersten Erzählung nur geschrieben steht: ›Gott erschuf sie als Mann und Weib‹: das heißt, er hat sie gleich erschaffen, aus dem gleichen Staub. Auf der folgenden Seite aber wird erzählt, daß Gott Adam formt, und dann denkt er, es ist nicht gut, daß der Mann allein sei, und er nimmt ihm eine Rippe und macht aus der Rippe ein Weib; ja eigentlich eine ›Männin‹, eine Mannfrau. Da siehst du, ist keine Gleichheit nicht mehr: und so glauben manche, daß verschieden sind nicht nur die beiden Geschichten, sondern auch die beiden Frauen, und daß die erste nicht war Eva, die Rippe vom Manne, sondern daß sie vielmehr war Lilith. Nun, die Geschichte von Eva ist niedergeschrieben, und es kennen sie alle; die Geschichte von Lilith hingegen wird nur erzählt, und so kennen sie wenige; genauer, die Geschichten, denn es sind viele. Ich will dir ein paar erzählen, weil heute unser Geburtstag ist und es regnet, und weil es heute meine Rolle ist, zu erzählen und zu glauben: der Ungläubige bist heute du.

Die erste Geschichte sagt, daß der Herr sie machte nicht nur gleich, sondern daß er machte aus dem Ton eine einzige Form, ja vielmehr einen Golem, eine formlose Form. Es war eine Gestalt mit zwei Rücken, also Mann und Weib bereits vereinigt; dann trennte er sie mit einem Schnitt, aber sie waren voller Begierde, wieder zusammenzukommen, und Adam wollte sogleich, daß Lilith sich sollte legen auf die Erde. Lilith wollte davon nichts wissen: warum ich drunter? Sind wir denn etwa nicht gleich, zwei Hälften gemacht aus demselben Teig? Adam versuchte sie zu zwingen, aber sie waren auch gleich an Kraft, und er vermochte es nicht, und da bat er Gott um Hilfe: der war doch selber ein Mann und würde ihm recht geben. Und wirklich gab Gott ihm recht, Lilith aber empörte sich: entweder gleiche Rechte oder gar nichts; und da die beiden Männer auf ihrem Willen beharrten, verfluchte sie den Namen des Herrn, wurde zu einer Teufelin, flog wie ein Pfeil davon und ließ sich nieder auf dem Meeresgrunde. Manche behaupten sogar, sie wüßten darüber noch Genaueres, und sie erzählen, daß Lilith haust im Roten Meer, aber daß sie sich erhebt alle Nächte zum Flug und streift durch die Welt, daß sie an den Fenstern der Häuser entlangrauscht, wo neugeborene Kinder sind, und versucht, sie zu ersticken. Man muß auf der Hut sein; wenn sie eintritt, fängt man sie unter einer umgestürzten Schüssel, dann kann sie keinen Schaden anrichten.

Ein andermal schlüpft sie in den Leib eines Mannes, und der Mann wird besessen von Geistern; dann ist das beste Heilmittel, ihn zu bringen vor einen Notar oder ein Rabbinergericht und auszufertigen eine Urkunde in gebührender Form, in der der Mann erklärt, daß er will verstoßen die Teufelin. Weshalb lachst du? Sicher glaub ich auch nicht daran, aber es gefällt mir, diese Geschichten zu erzählen, es gefiel mir, als man sie mir erzählte, und es täte mir leid, wenn sie gingen verschütt. Übrigens stehe ich nicht dafür ein, daß ich nicht etwas von mir hinzugesetzt habe: und vielleicht setzen alle etwas hinzu, die sie erzählen, und so entstehen die Geschichten.«

Man vernahm ein entferntes Getöse, und bald darauf rollte ein Raupenschlepper an uns vorüber. Er zog einen Schneepflug hinter sich her, aber der durchschnittene Schlamm floß gleich hinter dem Gerät wieder zusammen: wie Adam und Lilith, dachte ich. Gut für uns; so würden wir noch einige Zeit ausruhen können.

»Dann ist da die Geschichte mit dem Samen. Sie ist gierig nach Samen vom Manne und lauert ständig dort, wo Samen kann vergossen werden: besonders in den Bettüchern. All der Samen, der nicht gelangt an den einzigen erlaubten Ort, in die Gebärmutter des Eheweibs nämlich, gehört ihr: all der Samen, den jeder Mann hat vergeudet in seinem Leben, im Traum oder auf lasterhafte oder ehebrecherische Weise. Du verstehst, davon bekommt sie eine Menge, und so ist sie allezeit schwanger und ständig am Gebären. Da sie eine Teufelin ist, gebiert sie Teufel, aber diese richten keinen großen Schaden an, auch wenn sie noch so gern möchten. Es sind boshafte kleine Geister ohne Körper: sie lassen die Milch sauer werden und den Wein, sie laufen nachts über die Tennen und verfitzen den Mädchen die Haare.

Aber es sind auch Söhne des Mannes, jedes Mannes: illegitime Söhne, aber wenn ihr Vater stirbt, kommen sie zum Begräbnis, zusammen mit den rechtmäßigen Söhnen, was sind ihre Halbbrüder. Sie flattern um die Totenlichter wie Nachtfalter, sie kreischen und verlangen ihren Anteil an der Erbschaft. Du lachst, weil du eben bist ein Epikureer, und deine Rolle ist Lachen: oder vielleicht hast du nie vergossen deinen Samen. Aber es kann geschehen, daß du herauskommst von hier und daß du lebst und siehst bei einem Begräbnis, wie der Rabbi mit seinem Gefolge Kreise zieht siebenmal um den Toten: da errichtet er einen Schutz um den Toten, damit seine körperlosen Söhne ihm nicht möchten ein Leid antun.

Aber ich muß dir noch erzählen die wunderlichste Geschichte, und es ist nicht zu verwundern, daß sie wunderlich ist, denn sie steht geschrieben in den Büchern der Kabbalisten, und das waren Leute ohne Furcht. Du weißt, Gott hat Adam geschaffen, und gleich danach hat er begriffen, daß es nicht gut war, daß der Mann allein sei, und er hat ihm beigesellt eine Gefährtin. Ja, und die Kabbalisten sagen nun, daß es auch für Gott nicht gut war, allein zu sein, und daß er sich darum zu allem Anfang die Schechina genommen hat, das heißt seine eigene Herrlichkeit in der Schöpfung; und so ist die Schechina geworden Gottes Weib und damit die Mutter aller Völker. Als der Tempel in Jerusalem ist zerstört worden von den Römern und wir verstreut und versklavt, da ist die Schechina in Zorn geraten und hat sich gelöst von Gott und ist mit uns in die Fremde gekommen. Ich will dir sagen, auch ich habe das gedacht manches Mal, daß auch die Schechina eine Sklavin geworden und daß sie hier bei uns ist, in dieser Fremde innerhalb der Fremde, in diesem Haus voller Schlamm und Leid.

So ist Gott allein geblieben, doch wie es geht so vielen, er hat die Einsamkeit nicht aushalten können und die Versuchung, und er hat sich genommen eine Liebste: und weißt du, wen? Sie, Lilith, die Teufelin, und das war ein unerhörter Skandal. Denn es soll gewesen sein wie bei einem Streit, wenn man auf eine Kränkung mit einer noch schlimmeren Kränkung antwortet, und so hat der Streit nie ein Ende, sondern wächst an wie ein Erdrutsch. Denn du mußt wissen, diese Liebelei, die unanständige, hat noch kein Ende und wird so bald nicht haben ein Ende: einesteils ist sie die Ursache des Übels, das geschieht auf Erden; andererseits ist sie die Wirkung dieses Übels. Solange Gott wird fortfahren zu sündigen mit Lilith, werden auf Erden Blut und Leid sein; eines Tages aber wird ein Mächtiger kommen, der, auf den alle warten, und er wird Lilith den Tod geben und wird ein Ende machen mit Gottes Hurerei und mit unserem Exil. Jawohl, Italiener, auch mit deinem und mit meinem: Masl tow, einen Guten Stern.«

Der Stern ist für mich recht gut gewesen, nicht aber für den Tischler: doch es ist mir wirklich passiert, daß ich viele Jahre später einem Begräbnis beiwohnte, das sich so vollzog, wie er es geschildert hatte, mit dem schützenden Tanz um den Sarg. Und es ist unerklärbar, daß das Schicksal einen Epikureer erwählt hat, um dieses fromme und ruchlose Märchen nachzuerzählen, das aus Poesie, Unwissenheit, aus verwegenem Scharfsinn und jener unheilbaren Traurigkeit gewoben ist, welche aus den Trümmern verlorener Kulturen emporwächst.

MICHELANGELO ANTONIONI

Chronik einer Liebe, die es nie gab

In der Ebene kommt Ende September der Abend schnell. Wenn die Bogenlampen angehen, geht der Tag ganz plötzlich zuende. Kurz zuvor hatte der Sonnenuntergang ein magisches Licht über die Ziegelmauern verbreitet, es war der metaphysische Augenblick der Stadt. Um diese Zeit kamen die Frauen aus den Häusern. In den Städten der Poebene waren die Frauen eine Kategorie der Realität. Die Männer warteten auf den Sonnenuntergang, um sie zu sehen. Die Männer hingen sehr am Geld, waren verschlagen, träge, mit einer Spur von Langeweile. Machte das Geld sie unruhig, wurden sie durch die Frauen besänftigt. In der Poebene liebten die Männer die Frauen mit Ironie. Sie betrachteten sie bei Sonnenuntergang, wie sie spazierengingen, und die Frauen wußten das. Nachts sah man Männer in Gruppen auf den Gehwegen stehen und reden. Sie redeten über Frauen. Oder über Geld.

Der Film, den ich im Sinn hatte, handelte von einer seltsamen Geschichte zwischen einem Mann und einer Frau in Ferrara. Seltsam für den, der nicht in dieser Stadt geboren ist. Nur wer aus Ferrara kommt, kann eine Beziehung verstehen, die elf Jahre dauerte, ohne daß es sie je gegeben hätte.

Die erste Idee zu diesem Film war anders als die, die ich erzählen will. Dazu angeregt hatte mich ein Freund an einem jener Abende, die in den frühen Morgenstunden im Geplauder an einer Straßenecke enden. Es war eine berühmte Ecke, die Ecke Via Savonarola/Via Praisolo. Über unseren Köpfen fiel eine Gedenktafel ins Auge mit der Aufschrift: »Aus nächtlichem Hinterhalt erstochen starb hier Ercole di Tito Strozzi, der hochgeschätzte Dichter und Philologe. 1508.« Wieder eine andere Geschichte.

Die meines Freundes hatte einen jungen Mann zum Protagonisten, der in ein Mädchen verliebt war, das seine Neigung aber nicht erwiderte. Nicht, daß ihr der junge Mann nicht gefallen hätte. Ganz im Gegenteil. Ihr Instinkt ließ sie nein sagen. Der junge Mann fuhr jedoch fort, ihr den Hof zu machen, und er tat dies über Jahre hin. Alle in der Stadt kannten und verfolgten den Verlauf ihrer seltsamen Geschichte und sprachen darüber. Aber das Mädchen blieb bei ihrem Nein. Bis sie eines schönen Tages nachgab. Der junge Mann brachte sie in seine Junggesellenbude, zog sie aus, und sie ließ es geschehen. Sie war gefügig und sanft geworden. Er brachte sich in Erregung, um von ihr Besitz zu ergreifen. Aber genau in dem Moment, als er drauf und dran war, es zu tun, zog er sich zurück und sagte:

»Ich habe dich besiegt.«

Er kleidete sich wieder an und ging fort, ohne noch ein Wort zu verlieren.

Mit diesem ironisch-emphatischen Satz, der in den Chroniken der Ferrareser Liebesgeschichten berühmt bleiben sollte, beginnt erst die eigentliche Geschichte dieser beiden seltsamen Liebenden.

Zu weiteren Begegnungen zwischen ihnen kam es nicht, es sei denn aus Zufall auf der Straße. Aber sie blieb für alle sein Mädchen und er ihr Mann. Beide hatten andere Abenteuer, andere Lieben, aber keiner von beiden heiratete. Über allem – oder allem zugrundeliegend – gab es diese gegenseitige abstrakte Treue. Die, glaube ich, das ganze Leben dauerte.

Als mir das Buch von Giuseppe Raimondi, *Notizie dall' Emilia*, in die Hände fiel, stellte ich eine Ähnlichkeit zwischen einer der Erzählungen und dieser Geschichte fest. Und so kam mir durch meine berufsbedingte Deformation die Idee zu einer dritten Geschichte, in der sich Elemente der einen und der anderen zusammenfügten. Ich habe sie geschrieben und mir dabei auch Formulierungen von Raimondi ausgeliehen.

In der Literatur ist das nicht erlaubt, im Film aber schon. Denn die Worte, die nicht Dialog sind, sondern geistige und seelische Zustände oder Bilder beschreiben, zählen in einem Drehbuch nicht, sie stehen dort nur provisorisch, um etwas anderes anzudeuten – eben den Film.

Es war das erste Mal, daß ich mich von der Vergangenheit in Versuchung führen ließ. Die Leinwand hat immer mit der Geschichte gespielt. Nur wenigen Regisseuren ist es gelungen, ihren Besuchen vergangener Zeiten Glaubwürdigkeit zu verleihen. Eisenstein natürlich und Kurosawa oder Tarkowskij in *Andrej Rubljow* oder Straub in *Chronik der Anna Magdalena Bach* oder Rossellini in *La prise du pouvoir par Louis XIV.* oder Kubrick in der ersten Einstellung der *Odyssee im Weltraum.* Aber dort handelte es sich um nicht weit zurückliegende Zeiten, die Erinnerungen waren noch in Reichweite. Mich reizte vor allem der Gedanke, Ferrara nach einer imaginären Chronologie zu behandeln, in der die Ereignisse einer Epoche sich mit denen einer anderen vermischen sollten. Denn das macht für mich Ferrara aus.

Es ist fast fünf, als Silvano das Kino betritt. Das Kino, ein altes Theater mit grün gestrichenen Wänden, hat eine glänzende Patina angesetzt, die an angelaufene Bronze erinnert. Der Film, der gezeigt wird, erzählt von Liebe und Politik. Silvano mag Politik im Film, mit und ohne Liebe. Er hat zweimal *Der Mann, der herrschen wollte* gesehen. Nach dem ersten Teil geht im Saal das Licht an. Alle sehen sich um, auch Silvano. Neugierige und zudringliche Blicke kreuzen sich. Einer davon fixiert Silvano und fordert ihn zur Erwiderung heraus. Es ist ein aufmerksamer und verschmitzter Blick, der aus der kurzen Unterbrechung im Ablauf der Zeit eine Erinnerung hervorlockt. Er kommt aus einem Gesicht, das sein Alter, über dreißig, nicht verbirgt. Die Frau schaut und läßt sich anschauen. Es ist, als frage sie: erinnerst du dich nicht?

Silvano erinnert sich undeutlich. War es doch die Zeit, in der alles sich ihm zuwandte, auch die Gesichter. Und es gelingt ihm nicht, dieses hier einzuordnen. Ein starkes Gefühl überfällt ihn, als es im Saal wieder dunkel wird. Zu viele neue Jahre sind dazugekommen, zu jenem Jahr, das schon elf Jahre alt ist. Plötzlich sieht er das neoklassische Profil des unbekannten Mädchens aus Ferrara wieder vor sich.

Ein Novembermorgen in einer Kleinbahn, die durch die Ebene fährt, auf die Lagunen, die Landstriche zu, wo das Meer vermodert. Eine Sonne, armselig wie die Arbeiter, die auf sie warten, um die Rohre für eine Wasserleitung zu verlegen. Ein Bahnhof. Ein gemietetes Auto. Eine Straße voller Schlamm. Auf der Straße kommt ein Mädchen, ihr Fahrrad schiebend. Silvano hält den Wagen an, um sie nicht mit Schlamm zu bespritzen, und das Mädchen dreht sich um und sagt danke. Eine leise, ernste Stimme.

Der junge Mann hat sich in der Dorfschenke ein Zimmer genommen; als er zum Essen herunterkommt, ist das Mädchen da. Es gibt Tische mit und ohne Tischdecke. An denen ohne sitzen die Arbeiter. Sie essen Kürbiskerne und trinken, spielen dabei Karten. Das Mädchen läßt es zu, daß Silvano an ihren Tisch kommt. Sie reden miteinander. Und später, nachdem sie eine ganze Weile still geblieben sind, gehen sie zusammen hinaus. Sogar der Mond schickt sich an, Silvano zu helfen, ein weißer Mond, dessen Licht durch den Nebel zerstreut wird wie durch mattes Glas. Die beiden jungen Leute nehmen das Gespräch wieder auf. Er, um etwas über sich mitzuteilen, sie, um von ihrem Leben als Lehrerin und von ihrer in Armut verbrachten Kindheit zu erzählen. Sie heißt Carmen und ist vierundzwanzig Jahre alt. Eine Spur Melancholie liegt in ihren Reden. Es ist angenehm, im feuchten Abend Arm in Arm zu gehen und sich ernstzunehmen. Das Lagunenwasser hat die Farbe von Eisen. Wenn ein Schuß zu hören ist, bedeutet das, daß Raubfischer entdeckt worden sind und verfolgt werden.

Die beiden jungen Leute küssen sich mit großer Natürlichkeit und reden weiter. Er hat noch nie einen Menschen getroffen, bei dem es so selbstverständlich ist, sich zu öffnen, und er hat nie geglaubt, daß das mit einer Frau möglich wäre. Und sie, daß ein Mann so viel zu sagen haben könnte. In dieser Gegend machen die Leute nicht viel Worte. So schweigen sie – als wären die Worte ausgeschöpft – bei der Rückkehr in die Gastwirtschaft, in der auch sie wohnt. Auf der Treppe versucht er einen scherzhaften Satz, um die romantische Atmosphäre, die entstanden ist, aufzubrechen. Oder um seine Geduld zu beweisen, die ebenfalls eine Qualität der Liebe ist. Und als er das Mädchen fragt, wo ihr Zimmer sei, antwortet sie ganz offen, das letzte rechts. Und sie geht, wobei sie sich den Mantel in der Taille enger zuschnürt, eine Geste, die sie schmächtiger, demütig und schon ergeben macht. Bevor sie in das Zimmer hineingeht, dreht sie sich um, wie um zu sagen, ich erwarte dich. Silvano lächelt ihr von weitem zu.

Dann geht auch er auf sein Zimmer. Er ist froh und heiter. Er wäscht sich das Gesicht mit kaltem Wasser und fängt an, sich auszuziehen. Er denkt an nichts. Nicht einmal er weiß, wie sehr sein Gemütszustand durch jenes Maß an männlicher Befriedigung verursacht ist, die das Mädchen ihm schon verschafft hat. Mehrmals öffnet er die Tür, um zu ihr zu gehen. Aber immer schließt er sie wieder, weil er denkt, es sei zu früh, es sei richtig, ihr Zeit zu lassen, oder wenig männlich, sich ungeduldig zu zeigen. Sein Verhalten ist aus der Geschichte erklärbar. Man muß die Willensschwäche dieser Stadt kennen, aus der er kommt. Die grausame Ernüchterung, den Sarkasmus. Jahrhundertelange Herrschaft, Papstherrschaft vor allem.

Silvano legt sich aufs Bett und schläft ein. Die Nacht ist schnell vorüber. Am nächsten Morgen steht er auf und geht hinunter in den Vorraum. Man sagt ihm, die Signorina schlafe noch. Silvano denkt an Blumen, aber im Sumpf wachsen keine Blumen. Auf einer Anrichte sieht er eine Obstschale voll Birnen und sagt dem Wirt, er solle sie der Signorina schicken mit einem Briefchen, das er schreibt.

Zu jener Zeit hatte Ferrara einen geheimen Zauber: in einer unbeschwerten und aristokratischen Art bot es sich seinen Einwohnern, aber nur ihnen, dar. Die Bauern kamen jeden Montag auf dem Domplatz zusammen, um ihre Geschäfte zu machen. Ein kräftiger Druck dreier Hände schloß die Verhandlungen ab. Die dritte war die des Vermittlers. Dann verschwanden die Bauern für den Rest der Woche, ließen aber in der Luft die Geräusche spitzfindiger, langjähriger Streitigkeiten zurück, an denen die Advokaten sich mästeten. Die Advokaten waren mit Arbeit überladen. Sie waren gern gesehen und gefürchtet. Einer von ihnen schrieb die Theaterkritiken im Lokalblatt und stand mit wenigen anderen Akademikern zusammen auf der Gästeliste des Präfekten. Der Präfekt galt damals als erster Bürger der Stadt und gab hin und wieder Bälle in der Präfektur. Es war ein Privileg, eingeladen zu werden. Das Kavallerieregiment Florenz organisierte jedes Jahr ein Pferderennen, am letzten Tag gab es das Araberturnier. Die Araber kamen aus Libyen, das damals eine italienische Kolonie war. Sie trugen einen weißen Barrakhan und ritten auf weißen Pferdchen, Krummsäbel schwingend, in einer großen Staubwolke. Es wurden auch Revuestücke inszeniert, an denen die Aristokratie teilnahm, weil es Wohltätigkeitsveranstaltungen waren. Die Mädchen aus dem Volk kamen gegen Abend aus den Fabriken, auf Fahrrädern, die Röcke im Wind. Sie sahen schön aus, weil sie vergnügt waren. Sie waren vergnügt, weil sie zum Rendezvous mit ihren Liebsten wollten, auf den alten Stadtmauern oder in den Hanffeldern draußen vor der Stadt. Von den grünen Hanfblüten stieg ein Duft aphrodisierender Pollen auf, der betäubend über die Stadt fiel. Er betäubte sogar die Faschisten, die in schamlose Ausschweifung versunken waren – provinziell und mit frondeurhaftem Getue.

Ich hätte dieses Thema gern vertieft, aber meine damaligen Produzenten waren anderer Meinung. Sie hatten Sympathien für die Jugendlichen der Bourgeoisie, die Tennis spielten oder auf verwinkelter Schatzsuche die Stadt durchstreiften oder mit Motorbooten auf dem Po hin und her fuhren und ebenso exotische wie erotische Wochenenden auf der Isola Bianca mitten im Fluß vor Pontelagoscuro verbrachten. Der Strom öffnete sich an dieser Stelle, und die Insel tauchte wie ein Stück Dschungel mitten aus einem hiesigen Amazonas auf.

Es war eine Zeit, in der der Faschismus eine gewisse Tendenz zur Vereinheitlichung zeigte, aber gleichzeitig begrenzte Zerstreuungen förderte, von den weißen Telefonen im Kino bis zu den öffentlichen Tanzdielen, die damals eine Blüte erlebten. Auch der Handel blühte. Darben mußten hingegen die Künstler. Ein Maler namens De Vicenzi mühte sich – mit Landschaftsbildern von der Stadt und ihrer Umgebung unter einem blauen, mit Polentastücken übersäten Himmel à la Gauguin – sehr um das Interesse der wenigen Intellektuellen. Die Polentastücke waren die Wolken. Zu seinen Ausstellungen ging fast niemand. Kunst war zu der Zeit in Ferrara eine Sache der Vergangenheit.

Wenn Silvano seine Altersgenossen mit Tennisschlägern vorübergehen sieht, betrachtet er sie mit Neid, aber zugleich mit einem gewissen Abstand; so vergißt er sie sofort. Auch weil er in ein Mädchen verliebt ist, das er allerdings selten sieht. Er ist weiterhin in dieses Mädchen verliebt, das er nie besessen hat, sei es aus dummem Stolz, aus unglückseliger Zurückhaltung oder einfach aus Willensschwäche. Oder aus Irrsinn, dem stillen Irrsinn seiner Stadt. Er hört von dem Mädchen, man redet von ihr. Der Raum ist begrenzt – eine kleine Provinzhauptstadt –, und die Nachrichten, die Carmen betreffen, werden von Silvano magnetisch angezogen. Ihr geht es ebenso. Zärtlichkeit, Sorgen, Eifersucht, Überdruß, alles, was das Auf und Ab im Zusammenleben eines Mannes und einer Frau ausmacht, das erleben diese beiden sonderbaren Liebenden getrennt voneinander.

Aber allmählich läßt, wie es so ist bei zunehmender Entfernung, die Spannung nach, die sie zusammengehalten hat. Silvano zieht in eine andere Stadt, nach Adria zum Beispiel. Carmen wechselt weiter von einem Ort zum andern, je nachdem wohin der Schulinspektor sie schickt. Sie hat ein Kind, das ihr mit zwei Jahren stirbt.

Im Saal geht das Licht wieder an. Der Film ist zu Ende. Das Publikum hat es eilig, hinauszukommen. Vor dem Eingang wartet Silvano auf die Frau; als er sie sieht, geht er ihr entgegen. Es bedarf nicht vieler Worte. Es ist, als wären sie erst vor wenigen Tagen auseinandergegangen. Keine Anspielung auf die Vergangenheit. Seltsamerweise sind sie von großer Eile ergriffen, ein Zug der Gegenwart. Sie gehen sofort zu ihr nach Hause. Ein altes, baufälliges Haus mit Pappeln davor und unter den Pappeln Tischchen eines Cafés. Die Wohnung drinnen sieht wie die eines Mannes aus. So sehr, daß Silvano spontan Fragen stellen würde, wenn ihn nicht die Furcht zurückhielte, eifersüchtig zu erscheinen. Und so beschränkt er sich darauf, Carmen zu beobachten. Die Frau ist besser gekleidet, und das mißfällt ihm. Er mochte immer gern verschlissene und abgetragene Kleidung, die nicht schmückt, die dem Körper darunter nichts hinzufügt, sondern eher etwas wegnimmt. Das Kleid, das Carmen trägt, hebt ihre Hüften hervor und betont eine gewisse Müdigkeit in ihrem Gesicht.

Das Grün der Pappeln dringt zum Fenster herein und bringt einen Geruch nach Feuchtigkeit mit sich. Silvano und Carmen beschließen, daß sie Hunger haben, und sie kocht etwas. Während sie essen, kommt Wind auf. Ein leises Gespräch der Pappeln beginnt. Die beiden dagegen schweigen. Vielleicht ahnen sie, daß – fingen sie an zu reden – ihre Argumente, ihre Gründe ein unerträgliches Gewicht bekämen und andere Gefühle: Bedauern, Resignation, Enttäuschung, Scham, Groll an die Stelle jener Sanftheit träten, die sie jetzt erfüllt. Eine Sanftheit, in die sie sich einsinken fühlen, wie man in hohes Gras sinkt. Carmen erzählt von einem Brief, den sie gerade von einem ehemaligen Liebhaber erhalten hat. Ein sehr zärtlicher Brief. Und sofort werden ihre Augen feucht. Sie sieht Silvano an, als wolle sie ihm sagen, so bist oder wärst du nie gewesen. Sie streckt ihm die Hand hin, er nimmt sie und bricht in Lachen aus. Über sich selbst, vielleicht, oder über ihre beiden Hände über einem Schinkenomelett.

Ihre Geschichte, die von so vielen vergeblichen Stunden geprägt ist, ist gegenwärtig, ob sie sich dessen bewußt sind oder nicht. Die Stunde, die sie gerade durchleben, zu nutzen, das würde eine Phantasie erfordern, die keiner von beiden hat: die Phantasie, nacheinander alle diese Minuten, die Gesten, die Worte und die Farben der Wände und der Bäume draußen vor dem Fenster und der Ziegel in der Fassade gegenüber zu erfinden.

Statt dessen weiß Silvano nichts anderes zu tun, als von hinten an die Frau heranzutreten und sich nach kurzem Zögern vorzubeugen, um sie zu küssen. Carmen hebt eine

Hand, um ihn aufzuhalten. Es ist eine zögernde Bewegung, die das Gegenteil bedeuten soll. Aber Silvano zieht sich zurück.

Wenig bleibt noch zu erzählen. Der Augenblick, in dem Silvano beschließt zu gehen, ist einer von vielen, die auf diesen Versuch folgen. Vermutlich als Carmen einmal länger in der Küche bleibt. Silvano geht die dunkle Treppe wieder hinunter und tritt aus der Haustür. Er hebt das Gesicht und sieht zu dem leeren Fenster hinauf. Zwei Männer, die an einem Tischchen des Cafés vor Vanilleeis sitzen, drehen sich um und betrachten ihn. Wären nicht diese beiden Zeugen und ein Frauenname, Malvina, der in ihren Reden mehrfach fällt, Silvano würde wieder umkehren. Er wünscht es sich mit aller Kraft. Als er geht, fühlt er sich wie ein Schauspieler, der eine Rolle spielt, die ihm aufgezwungen wurde.

Die Straße, in die er eingebogen ist, ist verlassen, so wie es alle Straßen dieser Stadt abends gewesen sein müssen zu der Zeit, als Ercole Strozzi erstochen wurde. Sein Körper wurde am nächsten Morgen gefunden, eingewickelt in den Mantel, von zweiundzwanzig Dolchstichen getroffen und mit herausgerissenen Haaren. Dreizehn Tage vorher hatte er Barbara Torelli geheiratet, mit der er zusammenlebte. Das allgemeine Gerücht klagt den Herzog von Este, Alfonso I., der Tat an, er soll in die Torelli verliebt gewesen sein. Aber G. A. Barotti stellt in seinem *Memorie istoriche di letterati ferraresi* von 1772 die Hypothese auf, der Herzog sei auf seine Frau Lucrezia Borgia eifersüchtig gewesen. Fest steht, daß Papst Julius II., der Alfonso wegen dessen Bündnis mit Frankreich zürnte, in einer dem Gesandten von Este gewährten Audienz gegen ihn wetterte, wobei er ihm unter anderem den Tod Strozzis zum Vorwurf machte.

Aber das ist, wie ich schon sagte, wieder eine andere Liebesgeschichte aus Ferrara.

GIANNI CELATI

Geschichte einer Rennfahrerin und ihres Verehrers

Im Jahr 1924 wurden die Teilnehmer des Giro d'Italia, des großen italienischen Radrennens, von der mörderischen Strecke beinahe aufgerieben, nur dreißig von neunzig gestarteten Rennfahrern schafften es, das Rennen bis zum Schluß durchzuhalten, nachdem sie sich über dreitausendfünfhundert Kilometer auf staubigen Straßen abgestrampelt hatten. Am Ziel wurde der Sieger vom Beifall der Menge empfangen, aber einen noch herzlicheren Beifall bekam der Verlierer, der letzte Rennfahrer, der in Mailand eintraf, obwohl er mehrere gefährliche Stürze hinter sich hatte, obwohl er in einer Etappe im Gebirge aus dem Rennen ausgeschieden war, weil er die vorgesehene Zeit überschritten hatte, obwohl ihm keine andere Fürsorge zuteil geworden war als die zwei Mahlzeiten pro Tag, welche ihm die Reifenfirma stiftete, deren Name auf seinem Trikot stand, und schließlich, obwohl dieser Rennfahrer eine Frau war.

Die Zeitungen nannten sie »die Rennfahrerin«; sie war ein kleines, kräftiges Mädchen, das aus einer Bauernfamilie stammte und als einzige Frau in der Geschichte des Radsports bei den offiziellen Rennen mit den sogenannten Meistern der Pedale, normalerweise Männer, konkurrieren konnte.

Ein Photo aus der damaligen Zeit zeigt sie in einer riesigen, bis zum Knie reichenden Turnhose, wie sie über die Lenkstange eines Rennrades gebeugt einen Feldweg entlangfährt, wo ihr eine Schar barfüßiger Fans zujubelt. Sie hat ein rundes Gesicht mit stark ausgeprägtem Hinterkopf, kleinen Augen und einer sehr breiten Stirn, kurz geschnittenes, zurückgekämmtes Haar; dicke Waden, kräftige Arme und breite Schultern; ihr Lächeln ist wie ein Halbmond, der an beiden Enden unter den hervorstehenden Wangen verschwindet.

Dieses Photo hängt in der Werkstatt eines Flickschusters von Adriano Polesine, der jahrelang Höllenqualen litt, weil er in wahnsinniger Liebe zur Rennfahrerin entbrannt war.

Im Alter von zwölf Jahren war er mit seinem Vater nach Mailand gezogen; dort hatte er Abendkurse für das Zuschneiden von Schuhen besucht und bei einem nationalen Wettbewerb für kreative Modelle von Damenschuhen den ersten

Preis gewonnen. Er interessierte sich zwar nicht besonders für Sport, aber je mehr er in den Zeitungen über die Rennfahrerin las, desto mehr erwärmte er sich für ihre Unternehmungen; und als jener mörderische Giro d'Italia zu Ende war, glückte es ihm, sich zu einem Festessen, das zu Ehren der Rennfahrerin veranstaltet wurde, einladen zu lassen und sie endlich kennenzulernen.

Die Rennfahrerin war mit einem Ziselierer verheiratet, der sie, als sie fünfzehn war, aus ihrer Familie herausgeholt hatte, wo man nie zugelassen hätte, daß eine Frau einen so männlichen Sport trieb; er hatte ihr die Freiheit gegeben, die sie für die Laufbahn einer Rennfahrerin brauchte.

Nachdem der Modellschuster sie bei dem Festessen eine Stunde lang angeschaut hatte, verliebte er sich in sie und erklärte sich ihr sofort. Die Rennfahrerin konnte diese Erklärung nicht annehmen, denn sie war mit dem Ziselierer glücklich verheiratet und wies daher den Schuster auf grobe Weise ab.

Am nächsten Tag ließ ihr dieser ein von ihm kreiertes und eigenhändig zugeschnittenes Paar Damenschuhe bringen, aber sie schickte es ihm mit folgender Botschaft wieder zurück: »Mich interessieren nur Fahrräder.«

Weil die Rennfahrerin durch den mörderischen Giro d'Italia internationalen Ruhm erworben hatte, rief man sie nach Paris. Hier war sie eine Zeitlang, stets im Wettstreit mit den männlichen Kollegen, auf den Radrennbahnen zu sehen, und hierher kehrte sie auch zurück, als ihr Ehemann gestorben war.

Der Modellschuster, der zur selben Zeit bei einer internationalen Ausstellung von Damenschuhen in Paris eine Auszeichnung bekommen hatte, begab sich eilends in die französische Hauptstadt, um der Rennfahrerin einen Heiratsantrag zu machen. Nach vielen vergeblichen Versuchen, mit ihr in Verbindung zu treten, schrieb er ihr einen Brief und schickte ihr als Geschenk die von ihm kreierten Stiefelchen, für die er die begehrte Auszeichnung bei der Pariser Ausstellung bekommen hatte.

Am Abend schloß er sich in sein Hotelzimmer ein und wartete auf Antwort. Die Antwort kam sofort in Gestalt des einen Stiefelchens, das man ihm zurückerstattete (wo das andere verblieben ist, weiß man nicht), und mit der gewohnten Botschaft: »Mich interessieren nur Fahrräder.«

An jenem Abend packte den Modellschuster, als er allein in seinem Hotelzimmer saß, die Verzweiflung; da kochte er das Lackstiefelchen, das man ihm zurückerstattet hatte, und verzehrte es Stück für Stück.

Die Rennfahrerin heiratete bald darauf wieder, diesmal einen Rennfahrer, einen Weltmeister im 500-m-Fliegerrennen, und mit ihm zusammen trat sie noch eine Zeitlang auf den französischen Rennbahnen auf. Dann kehrte sie nach Italien zurück und machte mit ihrem Ehemann in Mailand eine Reifenwerkstatt auf.

Als auch ihr zweiter Mann starb, führte sie das Geschäft allein weiter; um mit der Welt des Radsports in Verbindung zu bleiben, reparierte sie Reifen und verfolgte die Rennen ihrer Schützlinge.

Eines Tages tauchte der Modellschuster wieder bei ihr auf, er war jetzt kein Modellschuster mehr, denn er hatte diesen Beruf inzwischen an den Nagel gehängt und war zu Fuß durch ganz Europa gewandert, bis hinauf nach Belgien und Holland, unterwegs hatte er auf dem Land Schuhe repariert und war schließlich wegen Landstreicherei verhaftet worden.

Noch einmal machte der ehemalige Modellschuster, jetzt gewöhnlicher Flickschuster, der ehemaligen Rennfahrerin einen Heiratsantrag. Und auch diesmal wies sie ihn ab und behandelte ihn sehr grob, weil ihn Schuhe mehr interessierten als Fahrräder; einen solchen Mann konnte sie nicht zum Gatten nehmen.

Wenn sich die ehemalige Rennfahrerin nun auch schon seit Jahren von den Rennen zurückgezogen hatte, genoß sie doch immer noch eine gewisse Popularität in den Kreisen des Radsports, von dem sie sich bis zum Tage ihres Todes nicht zu trennen beabsichtigte. Auf einem schweren Motorrad folgte sie jedem Rennen, an dem ihre Schützlinge teilnahmen; so hielt sie es, solange sie lebte, und fuhr mit dem schweren Motorrad bis zum Tage ihres Todes im Alter von 68 Jahren.

Der ehemalige Modellschuster, nun Flickschuster in einer Kleinstadt im Podelta, ging zu ihrer Beerdigung.

ALBERTO MORAVIA

Das Hirngespinst

Den ersten Fehler habe ich begangen, indem ich an ihn glaubte, an ihn, den ich lange Zeit meinen Mann nannte, obwohl er es doch dem Gesetz nach gar nicht war. Als Emilio mich bat, mit ihm zusammen zu leben, schlug ich schüchtern vor, unsere Situation zu normalisieren, wie man sagt: das heißt zu heiraten. Er entgegnete mit didaktischem Geschick: »Ehe, legitime Vereinigung, das sind Worte. Die Dinge sind aber nur durch Kategorien benennbar. Unsere Verbindung gehört zur Kategorie der illegitimen Verbindungen; in Wirklichkeit ist sie gar nicht benennbar, weil es nicht eine einzige Sache gibt, die einer anderen ähnlich wäre. Also gibt es kein Wort, das unsere Beziehung exakt bezeichnen würde; es gibt nur die Beziehung, das heißt die Sache. Deshalb zählen Worte nicht. Allein die Sache zählt, das heißt, daß wir uns lieben und zusammen leben.«

Emilio ist ein Verstandesmensch; seine Schlußfolgerung hat mich eingeschüchtert. Wenn nur die Sache zählen und die Worte lediglich die Kategorien betreffen, dann hatte ich – es ist angebracht, das zu sagen – nichts einzuwenden. So lebte ich also mit Emilio zusammen, in einem alten Haus des päpstlichen Rom; in einer Wohnung, vollgestopft mit Büchern und nach Norden gelegen, ohne einen Sonnenstrahl. Ich schlief mit Emilio, aß mit Emilio, ging mit Emilio aus, lebte mit Emilio, aber ich war nicht Emilios Frau. Ich war jedoch, wie er meinte, auch nicht die Geliebte, die Freundin, die Gefährtin, die Komplicin oder dergleichen. Da nur die Sachen zählen, war ich eine sogenannte Sache, die nach den Worten Emilios zwar nicht eigentlich benannt, aber definiert werden könnte, indem man sie erschöpfend beschrieb. Kann man aber einen Menschen erschöpfend beschreiben? Nach Emilios Meinung würden nicht einmal die drei Millionen Bände der Nationalbibliothek ausreichen.

Eines Tages, als Emilio ausgegangen war, rief Edgardo an, sein bester Freund. Er fragte, ob Emilio da sei, ich antwortete, er sei nicht da, und nun sagte er rasch: »Dann komme ich rauf.« Dieses »dann« überraschte mich. Trotzdem nahm ich eine passende Haltung ein: auf dem Diwan in einer Ecke des Salons, ein Buch in der Hand.

Edgardo brachte mir gleich bei, was er mit diesem »dann« gemeint hatte. Er kam herein, und nach wenigen einleitenden Worten warf er sich mir zu Füßen und umschlang meine Beine. Da ich mich, vor Überraschung gelähmt, nicht rührte, glitt seine Umarmung an mir herauf, von den Hüften zur Taille, von der Taille zur Brust. Das letzte, was ich fühlte, waren seine Lippen auf den meinen. Dann stieß ich einen Schrei aus, drängte ihn weg und flüchtete. Edgardo verfolgte mich. Von einem Zimmer zum anderen in dieser Art Bibliothek, die meine Wohnung war, ging die wilde Jagd, bei der wir im Vorbeilaufen Bücherstapel und Zeitschriftenstöße umrissen. Schließlich zwängte Edgardo mich in eine Ecke zwischen zwei Bücherregalen und küßte mich wieder, diesmal leidenschaftlich. Ich könnte heute nicht beschwören, daß ich den Kuß nicht ein bißchen erwidert hätte. Aber da ich eine temperamentvolle Frau bin, war ich erst einmal empört und wütend. Edgardo ging mit den unverschämten Worten: »Immer wenn ich wiederkomme, wird es so sein wie heute, damit du es weißt.« Ich antwortete ihm nicht. Mit zorngeschwollenem Herzen wartete ich auf Emilios Rückkehr.

Kaum hörte ich, daß die Tür geöffnet wurde, da stürzte ich in den Flur. »Dieser Edgardo ist ein schöner Freund!«

»Was hat er denn gemacht?«

»Er hat sich als Schuft erwiesen!«

Emilio breitete beide Hände zu einer Predigergeste aus, als wollte er sagen: Frieden, Frieden. Er hängte den Hut an die Garderobe, wickelte sich den Schal vom Hals, steckte ihn in die Tasche des Mantels, den er ebenfalls aufhängte, und stellte den Regenschirm in den Schirmständer. Dann ging er, klein, birnenförmig und mäßig würdevoll, mir voran in sein Arbeitszimmer. Er setzte sich hinter den Schreibtisch, gut gedeckt von einem Bollwerk aus unaufgeschnittenen Büchern, und bat mich, ihm zu erzählen, was geschehen sei.

Ich tat es voller Wut, verschluckte Wörter, war atemlos, außer mir. Er hob von neuem die Hände. »Ruhig, ruhig. Edgardo ist kein Schuft. Er hatte nur einen schwachen Moment.«

»Ach, er ist kein Schuft?«

»Nein. Schuft, schau, ist eins der Wörter, die man lieber vermeiden sollte.«

»Aber das, was er getan hat, ist schuftig.«

»Die Dinge existieren nicht, nur die Wörter existieren, und deshalb muß man sie mit Vorsicht gebrauchen.«

Ich war so verblüfft, daß ich einen Augenblick kein Wort herausbrachte. Das war genau das Gegenteil von dem, was er mir seinerzeit gesagt hatte, um mich zu überreden, mit ihm zusammen zu leben. Er fuhr fort: »Warum glaubst du, daß man in den Großstädten heutzutage so schlecht lebt? Weil sich die Menschen, da sie die metaphorische Bemerkung ›Das Leben ist ein Dschungel‹ zu oft verwenden, schließlich tatsächlich wie wilde Tiere im Dschungel benehmen. Siehst du, wie wesentlich die Wörter sind?«

»Aber wenn das Wort da ist, dann bedeutet das doch, daß vor dem Wort die Sache da war.«

»Irrtum. Es gibt zum Beispiel das Wort ›Hirngespinst‹; aber die Sache hat es nie gegeben.«

»Emilio, dein bester Freund hat versucht, mich zu küssen.«

»Die Wörter sind alles, die Dinge existieren erst, wenn man sie benennt. Auch der Gedanke existiert erst von dem Moment an, da wir mit Wörtern denken. Der Satz: ›Edgardo hat mich geküßt‹ könnte theoretisch einer Sache entsprechen; aber er könnte auch einem glatten Nichts entsprechen. Wie die Formulierung: ›Der derzeitige König von Frankreich‹, die die Existenz eines heutigen Königs in Frankreich voraussetzt, der aber in Wirklichkeit, wie jedermann weiß, nicht existiert.«

Er sprach ernsthaft, ruhig, überlegen. Ich lief in ein kleines Zimmer, in dem er alle seine Wörterbücher und Enzyklopädien aufbewahrte, zog den Band »S« eines Konversationslexikons hervor, suchte und fand die Seite, dann kehrte ich zu ihm zurück und las ihm laut vor: »Schuft: Mensch jedweden Standes, auch Adliger und Edelmann, der sich aber nicht schämt, Taten zwischen gemein und unehrenhaft zu begehen.«

Er sagte: »Tatsächlich: Adlige und Edelleute. Ist es dir klar? Schuft ist das Überbleibsel eines Schiffbruchs.«

»Welchen Schiffbruchs?«

»Des Schiffbruchs einer Zivilisation, in der es Adlige und Edelleute gab und Schufte.«

»Und das Wort ›gemein‹, ist das auch das Überbleibsel eines Schiffbruchs?«

»Nur immer ruhig Blut.«

Ein paar Tage vergingen. Eines Nachmittags nutzte Edgardo wieder den Augenblick, als Emilio nicht zu Hause war, und war unverschämt genug heraufzukommen. Ich wies das Dienstmädchen an, ihn in den Salon zu führen, öffnete ein

Schubfach, nahm einen Revolver heraus und steckte ihn in die Tasche: Sollte Edgardo versuchen, mich zu küssen, dachte ich, dann erschieße ich ihn. Danach betrachtete ich mich im Spiegel. Ich bin sehr hübsch, habe einen Jungenkopf, mit feuchtschimmernden schwarzen Augen, Adlernase, stolzem Mund. Überrascht nahm ich in meinen Augen eine Erregung wahr, die mit Mordgier nichts zu tun hatte. Ich zog den Revolver wieder aus der Tasche, nahm ein Blatt Papier und schrieb darauf: »Schuft ist gleich Hirngespinst.«

Ich ging in den Salon. Edgardo saß in demselben Sessel, in dem sich Emilio nach dem Essen niederzulassen pflegte, um die Zeitung zu lesen. Vielleicht drängte sich deshalb der Vergleich auf: hager, lebhaft, nervös, jugendlich – Edgardo; weiblich, fett, kraftlos, abgelebt – Emilio. Ich trat zu ihm und hielt das Blatt vor ihn hin, ohne ein Wort zu sagen.

Er las und fragte: »Was bedeutet das?«

Vor ihm stehend, antwortete ich: »Ich habe Emilio gesagt, daß du ein Schuft bist. Er hat erwidert, du bist ein Hirngespinst.«

»Das verstehe ich nicht.«

»Es soll heißen: Nicht die Dinge existieren, nur die Wörter. Schuft ist wie Hirngespinst: ein Wort, das einem Nichts entspricht. Also bist du ein Hirngespinst.«

Er sah mich liebevoll und launig an, ergriff meine Hand, zog mich, die jetzt Nachgiebige, auf seine Knie und sagte: »Dein Hirngespinst.«

So begann unsere Liebe, die noch immer andauert; und auch unsere Ehe, denn wir haben geheiratet. Aber ich will noch berichten, wie das Verhältnis mit Emilio geendet hat... Nach einiger Zeit ging Edgardo, und ich versprach ihm, so bald wie möglich in seine Wohnung zu kommen. Als Emilio kam, trat ich ihm entgegen und fragte ihn: »Stimmt es, daß die Wörter die Dinge sind und daß es nur die Wörter gibt?«

»Das stimmt.«

»Also können wir sagen: der derzeitige König von Frankreich; und es macht wenig aus, wenn es in Frankreich keinen König gibt. Ist es nicht so?«

»Gewiß.«

»Schön, dann sage ich dir: Ich werde dich immer lieben.«

»Danke.«

»Und ich ziehe zu Edgardo.«

Er wurde bleich, starrte mich mit offenem Mund an. »Aber Leonetta, was sagst du da?«

»Ich sage zu dir: ›Ich werde dich immer lieben‹: und ich gehe fort. Was macht es, wenn ich fortgehe? Das ist eine Sache, das heißt, es existiert nicht. Wichtig ist das, was ich zu dir sage: Ich werde dich immer lieben. Für dich muß allein dies existieren.«

»Leonetta, um Gottes willen.«

»Ich gehe zu meinem Hirngespinst.«

»Zu welchem Hirngespinst.«

»Ich habe gesagt: Schuft. Du hast mir bewiesen, daß Schuft gleich Hirngespinst ist: es entspricht nichts Realem. Statt nun zu erklären: ›Ich will mit dem Schuft zusammen leben‹, kann ich ebensogut sagen: ›Ich will mit dem Hirngespinst zusammen leben.‹«

GESUALDO BUFALINO

Eurydikes Rückkehr

Sie war müde. Da es zu warten galt, setzte sie sich auf einen Buckel des Dammes, von wo aus man den Pfahl sehen konnte, an dem der Bootsmann das Seil festmachen würde. Die Luft hatte die übliche schwefelgelbe Farbe, wie Dämpfe, die aus Mergel- oder Pozzuolanerde aufsteigen, doch an den Ufern ergraute sie in lockeren, schmutzigen Baumwollflocken. Man sah wenig, es war kalt, selbst der Fluß schien nicht zu fließen, sondern sich mit der Trägheit einer Schlange um sich selbst zu winden, wie zähflüssiges Pech. Ein unerwarteter Flügelschlag, ein schwarzer Blitz erhob sich über die Wasseroberfläche und verschwand. Das Wasser schloß sich augenblicklich wieder darüber, schluckte ihn wie ein Schlund. Wer weiß, wie der Vogel hier herunter gekommen war, er mußte sich unterirdisch an die Fersen und die Musik des Dichters geheftet haben.

»Der Dichter« ... So nannte sie ihren Mann, wollte sie ihn ärgern, aber durchaus zärtlich beim traulichen Beisammensein, wenn sie an seiner Seite erwachte und ihn damit beschäftigt sah, mit großen Handbewegungen eine neue Melodie ins Leere zu schreiben. »Was tust du, komponieren?« Es fiel ihm nicht im Traum ein, ihr zu antworten, wie er sich aufspielte! Aber wie beruhigend und lieb es ihr war, daß er sich aufspielte, daß er sich die Haare lang auf den Kragen wachsen ließ und dauernd mit dem Schilfrohr hindurchfuhr, das er zum Schreiben benutzte; und daß er nicht einmal ein Ei kochen konnte ... Denn andererseits genügte es, daß er an zwei Saiten zupfte und halblaut sein letztes Erfolgslied anstimmte, um alle so friedlich, so unleugbar glücklich zu machen ...

»Dichter« ... Mit größerem Recht, diesmal. Diesmal ließ sie das Wort gedehnt, mit einem Tropfen Groll, durch die Lippen gleiten. Leichtsinniger Dichter, anbetungswürdiger Nichtsnutz ... Sich einfach umzudrehen, nach so vielen Ermahnungen, fünfzig Meter vor dem Licht ... Sie blickte auf ihre Füße, sie taten ihr weh. Falls je das bißchen Luft weh tun kann, aus dem die Schatten bestehen.

Es war nicht Enttäuschung, was sie empfand, sondern nur ein ruhiges, resigniertes Bedauern. Im Grunde hatte sie nie ernsthaft geglaubt, daß sie hier wieder herauskommen könnte. Schon der Eingang – eine Sackgasse, die nur in einer Richtung befahrbar war, ein Brunnenschacht mit Eisenwänden – war ihr endgültig erschienen. So war der Tod, nicht mehr und nicht weniger, und als sie hineinstürzte, im gleichen Augenblick, in dem sie vor Grauen erstarrte unter dem Biß des Skorpions, hatte sie gewußt, daß es für immer war, und daß sie gerade neu geboren wurde, aber der Finsternis und für immer. Da hatte sie sich an die unsicheren Haken der Erinnerung geklammert, hatte sich an ihrem Namen festgehalten, der am äußersten Ende ihres Geistes an einem Faden hing, und sagte ihn sich immer wieder vor, Eurydike, Eurydike, in dem reißenden Strudel, während sie immer weiter hinunter fiel, Eurydike, Eurydike, wie einen weiteren Hilfsobolus, zusätzlich zu der winzigen Münze, die seine Hand beim Begräbnis in ihrem Mund verborgen hatte.

Du bist tot, mein Leben, und ich atme noch?
Du bist von mir gegangen,
um nie mehr zurückzukehren, und ich bleibe?

So hatte er mit der Leier in der Hand tiriliert, und sie hatte sich vom Gesang dieser einen Stimme ganz durcheinander gefühlt. Danke, hätte sie ihm zurufen mögen, ihn noch einmal liebevoll rundum betrachten, aber sie war ja nunmehr bloß eine kleine Statue aus kaltem Marmor, mit einem abgestochenen Lamm zu Füßen, auf einen Scheiterhaufen aus sprödem Reisig gebettet. Und kein Befehl, den sie an ihre Lider, an ihre blauen Lippen auszusenden sich bemühte, konnte etwas ausrichten und diese einen Augenblick lang öffnen.

Was sollte sie zu dem neuen Leben sagen? Und zu den neuen Gliedern, in die man sie gesteckt hatte? Zart, wellengleich, nachgiebig wie Schleier waren sie...

Es könnte bessergehen, es könnte auch schlechtergehen. Die Würfelspiele, die Kartenspiele zu zweit, der Frauenschwatz mit Persephone am Webstuhl; die wechselseitigen vertraulichen Geständnisse, während sie Arm in Arm auf den Alleen des Reiches wandelten, indes Hades schlief, einen Helm aus Ziegelhaut über den Kopf gezogen... Alles hatte, zumindest die Hälfte des Jahres, dazu gedient, die Langeweile des Kasernenlebens zu lindern. Aber morgen, aber später?

Sie betrachtete das Wasser. Es kam Welle auf Welle heran (und sie sahen aus wie Fischschuppen), um sich am Ufer zu brechen. Dunkles, fauliges Wasser, uraltes, stehendes Wasser, von fernen Rudern durchfurcht. Sie spitzte die Ohren: weit weg hörte man das dumpfe Geräusch der Ruderblätter, die in langsamen Abständen ins Wasser eintauchten, er mußte es satt haben, der Fährmann, das viele Hin und Her...

Tausend und abertausend Seelen waren inzwischen zusammengekommen und warteten. Auch wenn sie sich angestellt hätte, wären Stunden vergangen, bevor sie an der Reihe gewesen wäre. »Hat jemand, der zurückkommt, keinen Vortritt?« fragte sie sich lächelnd, obgleich sie nun, da es soweit war, keine Eile hatte heimzukommen. Tausende und Abertausende waren sie, die Seelen, und sie warteten vor Kälte zitternd und schnatternd, mit einer Art ausgehungerter Ungeduld. Das Feuer, das zwischen ihnen loderte, wie sie das bloß anbekommen und geschürt hatten, mit welchen Feuersteinen und Pinienzapfen. Und sie wärmten sich darum, Flußluft schadet den nackten Leibern.

Sie lächelte noch einmal. Als wäre Rheuma noch von Belang bei den Toten. Obwohl es ihr gefallen hätte, sich die Handflächen an jener Flamme zu wärmen, ihre Stimme – ein Piepsen – unter das Gepiepse der anderen zu mischen. Sie tat es nicht, sie näherte sich der Gruppe nicht, blieb lieber allein und dachte nach. Denn ein Unwohlsein, genau so, wie wenn man etwas Falsches gegessen hat, verursachte ihr Schmerzen unter einer Rippe, und sie wußte, daß es nicht der Kummer um das wieder verlorene Leben, um die mißglückte Auferstehung war, sondern eine andere, merkwürdige Bitterkeit, ein Bedauern, stundenlang unfähig, zum Gedanken zu werden, aber hartnäckig von innen drückend in seiner Unklarheit, wie ein nicht geborenes Kind drückt, das im Bauch verwest ist, ohne Name und ohne Schicksal. Und sie wußte nicht, wie sie es nennen sollte, ob Ahnung, Vermutung, Scham...

Sie ging ihre Geschichte noch einmal durch, sie wollte verstehen.

Wenn sie es recht bedachte, so hatte sie sich spät und wider Willen in ihn verliebt. Es behagte ihr nicht, am Anfang, daß die anderen Frauen ihm auf diese Weise hinterherrannten, zusammen mit dem Vieh, den Raubtieren. Er mußte ein Zauberer sein, dieser Mann, ein Ohrenverführer, ein Rattenfänger, dem nicht zu trauen war. Ewig trug er das Instrument über der Schulter, sein Blick war indiskret, seine Worte Scharlatanerie. Dann, an einem Abend, als hell der Mond schien, als sie verträumt, wie es ihre Gewohnheit war, durch ein Wäldchen ging, ihre Füße sie hierhin und dorthin trugen, vorwitzig bei so vielen im Gras lauernden Schlangen, war an einem gewissen Punkt in die dichtstehenden Bäume, wo sie sich ein Lager aus Dunkelheit gesucht hatte, eine Musik gedrungen wie ein dünner Faden, der allmählich stärker und festgespannt wurde, bis er ein unsichtbares Garn war, das sie zog, sich um ihre Glieder legte, sie zergehen ließ in einem feuchten, lauen Honig, in einer Verzückung und Ohnmacht, die dem Sterben sehr ähnlich waren. Auch war sie nicht erwacht, bevor sich seine dicken Lippen, seine mächtige Gestalt langsam von ihr gelöst hatten.

Sie liebte ihn also. Und die Hochzeit war ein prächtiges Fest mit einer endlosen Folge von Gerichten und Krügen voll Rotwein. Nur ein lächerliches Alarmzeichen störte sie: diese Fackel, die nicht aufflammen wollte, obwohl Hymenäus sie mit beiden Händen schwang, sondern weiter überall rundum wie Federbüsche häßlichen Rauch spuckte.

Danach hatte es himmlische Tage und Nächte gegeben. Er kannte Worte, die keiner sonst wußte, und hauchte sie ihr ins Haar, in die beiden Muscheln aus rosigem Fleisch, fast unhörbar, wie einen innersten Atem, der jedoch in ihr sogleich zu dröhnendem Liebesdonner anschwoll. Es war ein Land aus Wolken und Blumen, das Thrakien, das sie bewohnten, und sie erinnerte sich an nichts mehr, an kein Brachfeld, keine Lichtung, keinen Steinhaufen, nur an eilig über ihrer Stirn vorüberziehende Wolken und Händevoll Blütenblätter, wenn sie sie mit Fäusten ausriß im Augenblick der Lust. Sie lag mit ihm unter einem weitgeschwungenen Himmelskelch, auf einem Bett aus Blättern und Wind, sah zwischen den tränenden Wimpern Baumumrisse ins Wanken geraten, hörte eine Sturzwelle sich an der fernen Klippe brechen, eine Hirschkuh im Unterholz röhren. Sie trocknete sich die Augen mit dem Handrücken, öffnete sie wieder. Er schloß sie ihr mit einem Finger und sang. Nun wird es schon Abend, jetzt färbt sich in den Gärten das Gold der Dämmerung dunkel, der Mond verströmt sein Licht von den Bergen, pocht erstarrt zwischen den grünen Fingern der Tanne... Eurydike, Eurydike! Und sie legte ihm die Wange auf die Brust, erlauschte dort ein Rascheln von Wurzeln, und Schläge auch, lange Schläge eines Herzens, des Herzens eines Tieres oder Gottes.

Sie hatte ihn geliebt. Auch wenn sie bald daran gezweifelt hatte, ebensosehr geliebt zu werden. Zu oft machte er sich davon, die steilen Pfade des Rhodope-Gebirges hinauf in Gesellschaft einer Menge Kinder, die ein rotes Band am Handgelenk trugen; oder er stieg ins Tal hinab, zum Strand, und brüstete sich mit seinem Gefolge verzauberter Nachtigallen, selbst verzaubert, wie er war, von dem eintönigen Gesang, den er hervorbrachte. Ohne je zu sagen, wohin er ging, ohne sich darum zu kümmern, ob sie ausreichend mit Vorräten versorgt war, einsam und ohne seine Zuneigung, den schlüpfrigen Annäherungen eines Viehhirten aus der Nachbarschaft ausgesetzt. Hätte er sich wenigstens herbeigelassen, sich beleidigt zu fühlen, eine Szene zu machen. Keine Spur. Er beschränkte sich, bloß um die Form zu wahren, darauf, ein Klagelied über eifersüchtige Liebe anzustimmen, das er nach einer Minute schon wieder vergessen hatte. Wenn es so ist, schwindet die Liebe bei einer Frau, sie läßt sich gehen, daher hatte sie sich in der letzten Zeit vernachlässigt, sich mit sprödem Haar und schlecht geschminkt gezeigt, die Haut rauh von den Dornenhecken, den Nordwinden. Und obgleich sie Aristeo immer wieder mit nein und abermals nein antwortete, sagte sie es nicht mit dem gleichen Nachdruck wie zuvor, sondern mild, und hier und da nahm sie sogar einen Zweikornfladen von ihm an oder ein ländliches Sträußchen. Doch kaum zeigte er auf den Wangen fleckigrote Spuren des Weins oder der Begierde, lief sie davon. Bis sie so gestorben war, während sie vor ihm weglief und mit raschen Sohlen auf das böse Kriechtier im Gras getreten war.

Verdammtes Gras... Ihr Gedanke wandte sich wieder Persephone zu. Ein blühendes Mädchen, aber vom Pech verfolgt. Denn auch sie war in die Klemme geraten, weil sie auf den Wiesen spazierengehen wollte. Eine Freundin, auf die man sich nur halb verlassen konnte, leider, aber so schön, wenn sie aus den Ferien zurückkam, braun, die Arme voller Frühling, voller Liguster, büschelweise, voller Hyazinthen, Fuchsschwanz, Nelken... Und die ein bis zwei Stunden, die sie hielten, steckte sie sich die Blumen ins Haar; danach in Vasen, wo sie sie hartnäckig mit Styxwasser begoß, man stelle sich das vor; und sie wegzuwerfen entschied sie sich erst, wenn sie eindeutig stanken...

Glückloses Mädchen. Dennoch, einem Gatten, einer Mutter teuer. Und sie konnte es sich erlauben zu reisen, abzuwechseln zwischen Asphodill und Narzissen, Granatapfelkernen bei ihrem Ehemann und feurigen Orangen auf der Erde, gleichzeitig Eiseskälte und Gluthitze zu sein, blinde Augenhöhle und strahlende Pupille, ein Weib und dreieinige Göttin!...

Ein Geschrei riß sie aus ihren Gedanken. Das Boot war plötzlich aufgetaucht, schoß auf den Wellenkämmen dahin, als wolle der Fahrer in jähem Eifer die Verspätung wettmachen. Und die Seelen am Ufer applaudierten, piepsten, streckten die Hände aus, jemand ergriff ein brennendes Holzscheit und gab Zeichen. Eurydike stand auf, um zuzusehen. Die Szene war sozusagen höllisch. Mit diesem Bug, der auf aschgrauen Wellen ankam, und dem flackernden Widerschein nebligen Feuers, unter dem die Menge sich zu winden, sich zu vervielfältigen schien. Und alle neigten sich vor, sprungbereit. Die Fähre war sogleich besetzt, quoll über von Passagieren, die dicht gedrängt standen mit erhobenen Armen, um mehr Platz zu machen. Ein Häuflein Ausgeschlossener versuchte noch aufzuspringen. Sie klammerten sich an ein Tau, fielen zurück ins Wasser und tauchten mühevoll, schlammbedeckt wieder auf. Nur ein Platz war leer geblieben, verboten, ein Holzsitz neben dem alten Steuermann. »Eurydike, Eurydike!« rief der alte Steuermann.

Sie öffnete die Augen wieder. Kalte Wasserzungen beleckten ihre Fesseln. Das Boot stand nun still, stampfte in der Mitte der Strömung. Sie sah vor sich den nackten, krummen Rücken des Alten, auf dem borstige weiße Haare wuchsen. Durch ein Loch in den Planken war etwas Wasser hereingedrungen, und der Alte hatte sich heruntergebeugt, um es herauszuschöpfen und den Spalt mit Wachs zu verstopfen. Was für ein altes Boot. Wie viele Narben auf dem Segel, mit ungelenker Nadel geflickt. »Da war ich besser im Nähen«, dachte sie. »Ich bin eine gute Ehefrau gewesen. Ich liebte ihn, den Dichter. Und er liebte mich letzten Endes auch. Sonst hätte er nicht soviel geweint, soviel riskiert in Abgründen und Felsschluchten, zwischen finsteren Mächten und Scharen von Träumen mit schwarzen Krallen. Er hätte nicht Wasser durchwatet, Steilhänge erklommen, Ungeheuer und Moiren besänftigt, einzig gerüstet mit einem kurzen Umhang aus Leinen und einem einfachen, um das Handgelenk gebundenen roten Band. Ebensowenig hätte er vor dem Thron des unsichtbaren Hades sonst den Tönen soviel süße Schwermut entlocken können...«

Das Gewicht, das gegen ihre Rippen drückte, schmerzte nun, doch sie fürchtete sich nicht mehr davor, sie wußte, was es war. Es war ein Vergessen, das weh tat, das Vergessen einer Einzelheit des jüngst überstandenen Abenteuers, eine Winzigkeit, die sie blitzschnell gesehen oder erahnt oder begriffen hatte und die das Lethewasser vorläufig fortgeschwemmt hatte. Wie eine Enthüllung, die man aufbewahrte, um sich später daran zu erinnern. Sie würde sich augenblicksweise daran erinnern, gewiß, sowie der Schluck Lethe sich, nunmehr unschädlich, ganz im Labyrinth ihrer Adern verteilt hätte. Dies war das Gesetz, auch wenn sie lieber alles und für immer vergessen hätte anstelle dieser Wechselfolge von Wachzuständen und Betäubung, dieser zeitweiligen Ferien des Bewußtseins: wie bei einem, der schlafwandelnd sein Kissen verläßt und sich am Rand eines Gesimses wiederfindet...

Sie dachte noch einmal an ihren Mann, an ihre letzte Begegnung. Mit Stolz dachte sie daran zurück. Denn der Dichter war ihretwegen hierhergekommen, hatte mit dem Schritt eines Eroberers die Türen aufgesprengt und alle mit seinem schicksalhaften Gesang bezwungen. Sogar Menippos, dieser Narr, dieser *fool*, hatte zu grinsen aufgehört, hatte seinen Kahlkopf zwischen die Hände genommen und geweint zwischen seinen Doppelsäcken voll Saubohnen und Lupinen. Und Tantalos hatte aufgehört, mit dem Mund die flüchtigen Lebenssäfte auffangen zu wollen, Sisyphos, den Felsbrocken kraft seiner Brust zu stemmen... Und Hissiones Windrad, still stand es in der Luft, wie ein Reifen aus unnützem Blei. Wie ein Held, ein Held, der alles beherrscht, so hatte er gewirkt. Und Kerberos hatte sich zu seinen Füßen niedergekauert, um ihm mit drei Zungen die müden Sandalen zu lekken... Von seiner Wolke aus hatte Hades zugestimmt.

Sie sah noch einmal, wie es weitergegangen war: den raschen Lauf hinter ihm bergan, auf einem Weg voller Steine und Dornen, hinkend mit dem Fuß, der noch lahm war vom Viperngift. Glücklich, ihn nur von hinten sehen zu dürfen, glücklich über das Verbot, das in Kürze die Freude, ihn zu umarmen, noch vergrößert hätte...

Welche Erynnie, welche todbringende Biene hatte seinen Geist angestachelt, warum, warum hatte er sich unbedacht umgedreht?

»Leb wohl!« hatte sie ihm hinterherrufen müssen. »Leb wohl!«, während sie spürte, wie Hermes ihr leise mit seiner Goldrute auf die Schulter klopfte. Und so, vom Dunkel geschluckt, hatte sie gesehen, wie er sich entfernte, auf den schmalen Spalt des Tages zuging, in einer blonden Staubwolke verschwand... Aber dennoch hatte sie ihn, in diesem herzzerreißenden Augenblick, dabei überrascht, wie seine drängenden Finger eilig zur Leier griffen und sich mit professioneller Begeisterung auf ihren Saiten versuchten... Die Luft hatte sie noch nicht voneinander getrennt, als seine Stimme schon übermütig tönte: »Ach, ich habe sie verloren...« Und es wirkte nicht, als improvisierte er, sondern als habe er diese Koloraturen und Dehnungen lange vor einem Spiegel geübt, als sei alles schon fix und fertig, bereit für das Publikum, den Applaus, das Rampenlicht...

Das Boot fuhr wieder, schon sah man die Anlegestelle zwischen lockeren, schmutzigen Nebelflocken. Die Seelen schwiegen, aneinandergedrängt wie Abendsegler in einer Höhle. Man vernahm kein anderes Geräusch als den gleichmäßigen, feierlichen Schlag der Ruder ins Wasser. Da fühlte Eurydike, wie sich auf einmal der Knoten in ihrer Brust löste, und triumphierend, schmerzlich begriff sie: Orpheus hatte sich mit Absicht umgedreht.

DACIA MARAINI

Der tätowierte Mann

Giordano legte seine kräftigen Arme – nie zuvor habe ich so kräftige Arme gesehen, die Arme eines Gewichthebers, eines Gepäckträgers, Boxers oder Steinmetz – er legte seine Arme auf den Tisch und sagte: »Nur eine Postkarte.«

Er sagte es sanft. Er ist sanft. Ein Mann, der jung geheiratet hatte, seiner Frau treu war, fünf Kinder zeugte und mit ihnen in den verregneten Wäldern einer kleinen nordfranzösischen Stadt lebte.

Eine merkwürdige Art der Begegnung, in einer fremden Stadt, in einem Theater, das eigentlich eine Karatehalle war; zwischen künstlichem Licht und flackernden Kerzen, in einer heißatmenden Dunkelheit.

Buenos Aires, Sommer 1984. Giordano trug einen triumphierenden roten Schal, als er mit seinen Tennisschuhen und Blue Jeans durch das argentinische Palermo schlenderte, mit dem Lächeln eines alttestamentarischen Engels.

Sie, Sara, war in die Vorstellung gegangen, weil sie begeistert darüber erzählen gehört hatte. Sie wollte sehen, wie sich dieser Seiltänzer theatralischer Intelligenz auf der Bühne bewegte, in einer auf ein Minimum reduzierten Welt, die er von innen mit Grausamkeit füllte. Im Dunkel der schwarzen Vorhänge sprang Giordano wie ein Kosak. Dann kauerte er sich zusammen, und aus seinem Glied floß violettes Blut. Die Menge riß die Augen auf. Sein Theater des Grauens und der Nacktheit empörte sie. Dennoch drängten alle hin. Auf diese Weise zwang er sie, ihr Selbst und ihre geheimen, erbärmlichen Träume zu verschlingen. Giordanos Theater war sprachlos. Es war ein Theater des angehaltenen Atems, leuchtend und geheimnisvoll, das die Tür zum Jenseits öffnete.

Vielleicht habe ich schon einmal in diesen fernen Räumen gelebt, dachte Sara, vielleicht habe ich diesen Geruch aus fauligen Blumen und nacktem Eisen schon einmal gerochen.

Und in einem Augenblick, in dem sie es am wenigsten erwartete, rollte ein Kopf vor seine Füße. Die Zuschauer schrien auf. Sie blickten wie gebannt auf die blaue Iris und die zuckenden Lider des abgeschlagenen Hauptes.

Nach der Vorstellung besuchte Sara den großen Schauspieler hinter dem labyrinthisch von der niederen Decke fallenden Vorhang. Es roch nach kaltem Schweiß und Puder. Sie erblickte ihn in einem schmutzigen Spiegel, wie er sie anlächelte. Es schien, als habe er sie erwartet. Er hatte wieder seine Brille auf. Die Wangen noch weiß und die Augenränder dick geschwärzt. Seine Arme schauten indiskret aus dem Bademantel hervor, sie paßten nicht zu seinem übrigen Körper: schmale Schultern, ein schlanker Hals, zarte Handgelenke, lange, schmale Hände. Die Grazie eines fahrenden Ritters, sagte sich Sara; etwas Herbes, das an einen Reisenden denken läßt, an verlassene Orte, Eisenbahnen, Roßhaarbetten. Auf der Bühne jedoch verliert er jenen Zug des umherirrenden Wanderers, wird leicht wie ein Vogel, nur Federn und Haut.

Sie wußte nicht, wie und warum sie in jenes Theater geraten war. Vermutlich war es Neugier auf dieses wortlose Schauspiel aus Muskeln und Geist. Sie wollte der wundersamen Verwandlung beiwohnen, von der sie eine vage Vorstellung hatte, aus einem alten Dokumentarfilm über das Theater. Und so kaufte sie sich eine Karte. Sie hatte sich, freundlich geleitet von einem Mitglied der Truppe, auf einem harten Stuhl in der ersten Reihe niedergelassen. Ihr war klar, daß sie eher an einem Wunder denn an einem Schauspiel teilhaben würde. Nur spärliches Licht: zwei Kerzenstummel auf der Erde, einige wenige, wunderschöne Gegenstände: zwei weiß gefiederte Schwingen, eine Wiege aus Olivenholz, ein Stein, ein Paar chinesische Pantöffelchen, ein venezolanischer Korb, Säbelmesser.

Eine richtige Geschichte gab es nicht, und sie war auch nicht vorgesehen. Das Bühnengeschehen war allumfassend, es handelte von Geburt, Schändung, Flucht und Emigration... Ein Alter entfachte ein Freudenfeuer, ein in weiß gekleidetes Mädchen sang orientalische Klagelieder, eine Frau tanzte wie ein Irrlicht, ein Würgeengel trat auf, ein nackter Richter.

Im Spiegel sah Sara das auf dem Kopf stehende Gesicht Giordanos. Die Müdigkeit zog ihm die Augenlider herab und verzerrte sein Gesicht zur Grimasse. Die beiden stolzen Arme erinnerten sie an den alten Popeye mit der Pfeife zwischen den Zähnen, hatten etwas von dem alten Spinatfresser, an dem sie als Kind ihren Spaß hatte. Doch dies zu sagen wäre Gotteslästerung gewesen. Um ihn war alles so rein, absolut. Die schwarzen Vorhänge, der blanke Fußboden, ein Hauch von Weihrauch, diese dicht gefiederten Schwingen, die den Boden berührten, das Blut, das aus dem Bauch hervorquoll, der abgeschlagene Kopf und dieses wunderschöne blinde Mädchen. Die Zuschauer hielten den Atem an, während der Weihrauch in ihre Augen stieg und der Rhythmus seiner Füße immer fester, immer schneller wurde. Das Wunder hatte sich noch einmal vollzogen in der schmerzenden Langsamkeit der schauspielerischen Bewegungen, im grellen Licht der beiden weißen Kerzen, in der Spannung einer Drachenhöhle.

Sara war hinter den Vorhang gegangen, um ihm zu sagen, daß er sie überwältigt habe mit seinem visuellen Zauber und alles so gewesen sei, wie sie es erwartet hatte: vollkommen.

Er rieb sich die schwarzen Augen mit einer Crème und lächelte väterlich. »Das hier ist Alix«, hatte er gesagt, und einen Augenblick lang dachte Sara, sie sei seine Frau. Aber sie war es nicht, denn seine Frau spielt nicht, sie bleibt in der kleinen französischen Stadt mit den vielen Türmen und hütet die kleinen Kinder. Alix ist »meine Schauspielerin«. Sonst nichts. Sie war die einzige Frau in der vierköpfigen Truppe, in der er zugleich Regisseur, Autor und Darsteller war. »Komm doch mit uns essen.« Das war keine Einladung, sondern ein Befehl. Und Sara hatte geduldig gewartet, bis er sich die letzten schwarzen und weißen Schminkreste vom Gesicht gewischt und geduscht hatte, bis er in seine Blue Jeans und das rosarote Hemd geschlüpft war.

Sie schaute ihm beim Essen zu. Seine Hast widersprach dem Spiel des luftigen, beweglichen Wesens auf der Bühne. Er aß wie einer, der mit leerem Magen einen Kontinent durchquert hat. Er zerlegte die Ochsenrippen, die rosarote Lammleber, die gegrillten Schweinshaxen, die über dem Feuer tropfenden Stierhoden; wie es sich gehört in dem Land der endlosen Weiden und unzähligen Viehherden.

Er war still. Ein Lächeln unterbrach sein Schlingen, so zärtlich, daß es ihr Herz durchbohrte. Erst später, auf dem überdachten Platz, wo die Jugend zum lärmenden Klang einer Kapelle tanzte, hatte er ihr gesagt, daß sie sich bereits früher begegnet waren. Aber wo? »In Sizilien, bei dir zu Hause.« Damals war sie dreizehn und er zwölf. Doch sie konnte sich an nichts mehr erinnern. Er wußte noch, wie er ihr die Hand gedrückt hatte, so stark, daß sie aufschrie. Für Sara waren dies alles nie dagewesene Dinge. Sie dachte, er hätte alles erfunden, wären da nicht einige Details gewesen, die nur einer erinnern konnte, der dabeigewesen war. Gebannt von Giordanos kannibalischem Lächeln, hatte Sara Alix ganz vernachlässigt. Danach tat ihr dies leid. Giordano dachte danach an das wunderbare Gesicht von Alix, das Gesicht einer kranken Löwin, begriff, daß das Gleichgewicht der Aufführung ganz entschieden von ihr abhing, von ihrer Art, sich so vollkommen beherrscht und doch so völlig selbstvergessen zu bewegen. Die spröde Zärtlichkeit, mit der sie sich der Wiege näherte; ihre Art, Kind zu werden und sogleich Frau, ohne daß jemand die leuchtende Wahrheit dieser plötzlichen Verwandlung angezweifelt hätte. Ihre zarten, schlafwandlerischen Bewegungen verstärkten den Eindruck des grimmigen Nachtvogels, den er auf der Bühne verkörperte. In Saras Gedächtnis ist das Spiel von Alix' Haaren lebendig geblieben, die mal Zelt waren und mal Decke, mal Schild, mal ein Regen der Verführung, mal Henkersbeil. Und die die geblendeten Augen des Zuschauerraums auf sich zogen.

Aber Giordano hatte Saras Hand unter dem Tisch bereits ergriffen. Und Sara erinnerte sich plötzlich an damals in Sizilien und daß sie es gewesen war, die seine Hand ergriffen und mit geschlossenen Augen festgehalten hatte.

Was sie ihrem Geliebten erzählen sollte, der im Hotel Colon auf sie wartete? Er ging nicht gerne ins Theater und wollte lieber schlafen. Mit jener Eintrittskarte in der Tasche ließ Sara sich von Giordano ins Restaurant locken. Sie hatte ihm beim Essen zugeschaut, er aß wie ein hungriger Wolf; sie hatte Alix zugehört, die mit gleichförmiger Stimme von ihrer abenteuerlichen Tournee bei den Indios von Venezuela erzählte und von ihrer Ankunft in Buenos Aires, von der großartigen Aufnahme durch ein Publikum, das stets gierig ist auf Neues von Übersee.

Sara fragte sich, ob ihr Giordano gefiele. Aber ihre Hand hielt bereits seine Finger umschlossen und machte sie zum Komplizen, ohne daß sie es gewollt hätte. Oder doch, mit dem Pulsschlag und den Fingerspitzen wollend, ehe sich der Wunsch seinen Weg in das matte Hirn bahnen konnte. »Gehen wir tanzen?« Die anderen gingen auch. Aber Giordano hielt Sara zurück. »Lassen wir sie vorausgehen.« Und sie nahmen ein eigenes Taxi. Sara gefiel es, daß er über sie bestimmte: Ohne diesen kräftigen Ruck hätte sie sich nie dazu entschlossen, den Mann, den sie liebte, in einem Hotelbett in einer fremden Stadt zu verlassen. Es war gemein von ihr, lächerlich gemein, doch es schien, als hätten die Füße zum Gehen sich entschlossen, nicht sie. Und schon küßten sie sich im Taxi, und Sara roch den Duft von Puder und Rosenwasser, das ihm vom Hals tropfte. Sie lehnte sich auf die

Arme des Gewichthebers, als könnten sie sie hochheben und davontragen in das Land der langen Bohnen, wo Ungeheuer heiter gewissenlose Komödianten verschlingen.

Giordano tanzte nicht. Er schlürfte ein grün schillerndes Getränk, und Sara fragte sich, was es wohl sei. Der Körper des Tänzers war auf dem Boden der Karatehalle zurückgeblieben, zwischen den schwarzen Vorhängen und den Schwingen des wollüstigen Vogels. Er schien vollkommen absorbiert zu sein von einer mühsamen, leicht schmerzhaften Verdauung, gleich einer Riesenschlange, die eine Ziege verdaut. Aber er verlor nicht jenes zärtliche Lächeln aus Unschuld, Staunen, Entschlossenheit und Begierde.

Sara, die ein geschriebenes Theater macht, aus Worten, die sie wie Perlen geduldig auf den Faden ihres Gedankens reiht, die sie mit dem Lasso fängt, mit Ködern in der Tiefe des Meeres, war verzaubert von diesem Schauspiel, in dem das Wort abgeschafft, verlorengegangen war.

Giordano legte überhaupt keinen Wert auf das gesprochene Theater. Für ihn war der Dialog eine überflüssige Übung, etwas Albernes. Der Wechsel von Worten, wie Bälle, von einem Mund zum anderen, im Rhythmus psychologischer Wahrscheinlichkeit, langweilte ihn.

Giordano hatte die Hand einer Dreizehnjährigen ergriffen, die ihm damals zugelächelt hatte. Oder war sie es gewesen, Sara, die die Hand mit geschlossenen Augen ergriff? Tatsache ist, daß sie nichts gesprochen hatten, denn jedes Wort hätte verdorben und aufgeschwemmt aus einem Mund fallen können, in dem Gedanken wohnen, welche den Abgrund streifen. Giordano trank die grüne Flüssigkeit, die ihm wie ein Friedensbalsam die Kehle hinunterrann, etwas Süßes und Vertrautes, das ihn beruhigte und seinen Durst stillte. Die Männer in der Krippe warfen sich immer aufgeregter hin und her auf ihrem zwei Meter hohen Podest. Die Leute unten waren außer sich. Sie folgten der Musik wie einem himmlischen Befehl, in immer waghalsigere Nummern sich stürzend.

An diesem Punkt hatte Giordano Alix ein Zeichen gegeben und Sara an der Hand zum Ausgang gezogen. Arm an Arm. Ihrer schlank, hell und in gestreifter Baumwolle, seiner mächtig, prall und nackt. Kurz über dem Ellenbogen, Sara entdeckte es zum ersten Mal, befand sich eine Tätowierung: Ein kleines Zeichen seines Nomadentums: ein im Wind geblähtes Segel »ad ignotum«. Giordanos Hotelzimmer. In allem dem Saras ähnlich. Dort wo ihr Geliebter sie erwartete, schlafend oder nicht schlafend, sich mit offenen Augen fragend, weshalb sie noch nicht zurückgekehrt sei. Sara wunderte sich über diese Eile. Sie hatte das zaghafte und dunkle Bedürfnis zu versinken. Niemand weiß, warum man betrügt, wenn man verliebt ist. Unmöglich, es zu verstehen. Sie war überwältigt von Zärtlichkeit zu ihrer verlassenen Liebe, sie hätte jetzt bei ihm sein wollen in dem anderen Zimmer unter demselben Laken.

Stattdessen war sie mit diesem Unbekannten, der einen seiner kräftigen Unterarme spielen ließ, um ihr zu zeigen, wie das kleine Boot sich hob und vom Ellenbogen aufgebläht wurde.

Man kann es kaum Liebe nennen, dieses sich Annähern zweier nackter Körper auf einem zerwühlten Laken. Als richtender Engel spuckte Giordano: aus der Höhe seiner Himmel spuckte er verliebt auf ihre Wangen herab. Er erstickte sie in seinem Speichel, der nach Puder und Rosenwasser roch.

Vielleicht gab sie sich gar nicht ihm hin, sondern seinem Theater, sagte sich Sara. Vielleicht war sie da, um im Inneren seines Mundes das Geheimnis jener nicht gesagten Worte zu suchen. Sie wollte sehen, ob sein Körper im Liebesakt schwebte, wie über dem nackten Fußboden des Theaters.

Stattdessen hatte diese tätowierte Karavelle sie in stehende, klebrige Gewässer geführt. Es konnte eine Beleidigung sein: ich bespucke dich, weil ich dich verachte, du bist mir fremd. Es konnte aber auch heißen: ich bespucke dich und bedecke dich mit mir, meiner kostbarsten Flüssigkeit, ich überflute dich, lasse dich ertrinken, um dich dann in meinem Boot zu retten. Es konnte ein Zeichen der Liebe wie des Hasses sein.

Das Tropfen hörte erst auf, als Giordanos Bauchmuskeln plötzlich zusammenzuckten, er mit der ganzen Wucht seines Körpers die beiden Säulen einriß und auf das durchnäßte Laken stürzte.

Im selben Augenblick schlief er ein, das Lächeln einer Sirene auf seinem noch vom Speichel glänzenden Mund. Sara betrachtete ihn so nackt, dicht neben ihr und empfand eine plötzliche Zärtlichkeit für den Unbekannten, der sich ihr so leicht anvertraut und sie geliebt hatte, ohne eine Gegenleistung zu fordern. Er war so wehrlos, dieser verlassene, blinde Körper. Einen Augenblick lang glaubte sie ihn zu lieben, wie man unbegreifliche Dinge liebt, die sich einem ergeben, unversehrt und staunend.

Doch dann verabscheute sie ihn, weil er sich in seinem regennassen Rausch nicht im mindesten um sie gekümmert hatte, er hatte sie hinter sich gelassen auf seinem triumphalen Lauf in die tödliche Kapitulation, die sie nichts anzugehen hatte, ebensowenig wie die Besessenheit zuvor. Als hätte er sie nur dazu benutzt, mit seinem theatralischen Doppelgänger mit den wallenden papierenen Flügeln zu schlafen.

Und während er so schlief, hatte sie sich eilig angezogen und das Hotel verlassen. Menschenleere Straßen um zwei Uhr nachts, ganz leicht durch einen weichen, warmen Wind bewegt.

Der Straßenbelag dunkel und schmierig. Ein Palermo auf dem anderen. Derselbe feine Geruch von nächtlichem Jasmin und nassem Asphalt. In einem Cafe wurden die Tische abgeräumt, dazu kreischende Stimmen aus dem Radio. Kein Taxi weit und breit. Sie wird zu Fuß zum Hotel Colon gehen müssen, im Wind, der ihren Rock tanzen läßt. Ihr Kopf ist leer, herrlich leer. Sie trinkt die schwere Luft unanständiger Träume, gedankenverlorener Umarmungen.

Im Hotel Colon waren die Glastüren verschlossen. Sara mußte klopfen. Drinnen war es dunkel. Nach ein paar Minuten erschien ein alter Mann mit der Brille in der einen und dem Gebiß in der anderen Hand. Er wußte nicht, wofür er sich zuerst entscheiden sollte. Mißlaunig betrachtete er sie durch die Scheibe hindurch, ohne sie zu sehen. Dann entschied er sich für die Brille und warf das Gebiß in die Tasche. Im dritten Stock, auf Zimmer Nummer Dreihundertzehn schlief Saras Geliebter. Und sie zog sich leise aus. Und sie warf sich unter das Laken, als sei es elf und nicht schon zwei, mit dem schweren Gewissen einer Untreuen.

Am nächsten Morgen eine Überraschung: Giordano stand unten vor ihrem Hotel und wartete, bis sie allein herauskam, um die Zeitungen zu holen. Schon wieder dieses zärtliche, hingebungsvolle Lächeln, das sämtliche guten Vorsätze einer schlaflosen Nacht vergessen machte. Seine freudigen Arme kamen hervor und drückten sie fest. In Windeseile ein Taxi. Er dirigierte es zum Rio de la Plata.

Nie zuvor hatten sie einen so hohen Himmel gesehen, losgelöst von den Rändern, einen Himmel, der sich aufmacht und davonfliegt, wie ein vergessenes Zelt. Wo das Grau und das Blau verschwimmen und sich vermischen, in unbegrenzten Räumen.

Durchgerüttelt von den holprigen Straßen, hatten sie sich nichts zu sagen, während lange Reihen moderner Wohnblocks und vereinzelte blumengeschmückte kleine Villen an den Fenstern vorbeiflogen und ein lauer Wind die Haare durcheinanderwirbelte. Er trug wieder seinen roten Schal, und die Augen leuchteten hinter dem metallenen Gestell der Brille. Erklärungen gehörten zu Saras Theater. Hier befanden sie sich in einer Gegend, wo nur Fakten und Visionen galten, wie in Giordanos Theater.

Eine große Brasse auf dem Teller. Sie saßen sich an einem kleinen wackligen Tisch gegenüber. Ein paar Deutsche mit Papierschnipseln auf der Nase, zwei Kinder, die um ein Eis stritten, ein gelb gefranster Sonnenschirm, eine parkende Reihe metallicfarbener Autos unter einem Wellblechdach.

Sara saß auf einem Mäuerchen und warf ab und zu einen Blick auf die Karavelle, die auf Giordanos Arm die Segel blähte. Das trübe Wasser, die weißen Federn der Möwen, die auf den Wellen saßen, ohne naß zu werden, und ihre wachsamen Köpfchen zum Ufer reckten, all dies schien ihr Teil einer Landschaft zu sein, in die Haut tätowiert, eine Landschaft aus toter Tinte und lebendigem Fleisch.

Seltsam, über das Theater zu sprechen, ohne davon zu sprechen, wie von den Federn, die die Kissen füllen, auf denen wir mit einem etwas übertriebenen, unbegründeten Vertrauen schlafen. Zum ersten Mal spürte Sara eine widerspenstige Neugier Giordanos auf ihr Theater, das so durchtränkt war mit Worten, daß es nur ein Abklatsch der unendlich langweiligen Alltagssprache schien. Eine Welt in schwarz und weiß, die Kanten gut überschaubar, mit Körpern, die sich keine »semantischen Zeichen« geben, sondern darauf beharren, sprechende Körper zu sein, was für ein Blödsinn!

Worte sind abstrakter als Bilder, gab Sara lachend zurück, kleine musikalische Monaden, die nur dann Sinn bekommen, wenn sie sich auf einem unsichtbaren geistigen Faden wie Schwestern umarmen. Oder wenn sie auf dem Boden eines Glases aufeinander einschlagen.

In ihrem Theater wechseln Umarmungen und Faustschläge einander ab, in einem Rhythmus, der um so künstlicher ist, je mehr er sich auf den wirklichen Anschein stützt. Vom Lächeln der Katze muß man dahin kommen, den Wald zu entdecken, und vom Wald aus das Lächeln – oder ist es ein Grinsen? – der Katze wiederfinden. Aber wer wird den Pilz essen, der einen klein wie einen Floh oder groß wie einen Elefanten werden läßt in dem langen und unerbittlichen Rollenspiel?

Giordano betrachtete sie eingeschüchtert, während sie sich in die Enge eines Wort gewordenen Gedankens stürzte, zwischen bleichen Binsen und langen, noch zu entwirrenden Fäden. Giordano spielte den bescheidenen Jäger, der die Nase in die Spuren der Arbeit anderer steckt, und Sara dachte, daß diese Hundeschnauze, die sein Gesicht entstellte, an ihre schlummernden Sinne klopfte. So zärtlich hatte er sich an das Mäuerchen gelehnt, als er sie mit flüsternder Stimme ausfragte.

Sara erzählte ihm von den Nächten auf der Bühne ihres kleinen Kellertheaters, in denen sie sich aus einem Übermaß demokratischer Leidenschaft zerfleischten. Wenn alle Talent haben und man allen Gerechtigkeit widerfahren lassen will, muß man sich mit dem Schwächsten solidarisieren. Und so wurde, wie die Hexen Macbeths sagen, das Schöne häßlich und das Häßliche schön.

Sara lachte darüber, wie über etwas Komisches und zugleich Schmerzliches. Wo sie arbeitete, machte jeder, was er wollte und verbrachte seine Zeit damit, sich über die anderen zu beklagen. Die weniger Guten rümpften die Nase über die Guten, und wer weniger arbeitete, haßte denjenigen auf den Tod, der die Ärmel hochkrempelte, seine bloße Anwesenheit galt den Nichtstuern bereits als Vorwurf.

Giordano schaute sie mitleidig an. In seiner Truppe, sagte er, herrsche äußerste Disziplin, keiner würde auch nur im Traum wagen, ein einziges Wort zuviel zu sagen. Die Zucht eines Klosters, aus dem die Seelen gestählt hervorgingen und die Körper geschmeidig wie Schlangen, bereit zur Weissagung.

Zwei so unterschiedliche Erfahrungen. Die eine dem Chaos, die andere militärischer Ordnung geweiht. Sie begegneten sich zufällig auf jener tätowierten Karavelle, ein Balanceakt auf schäumenden Wassern, und wußten nicht, warum sie sich auf der Stelle küssen mußten, hier, mitten auf der Straße, kleine salzige Küsse wie geblähte Segel im Wind. Am Abend, nach der Vorstellung, war Sara wieder bei ihm. Mit immer fadenscheinigeren und absurderen Ausreden ließ sie den Geliebten im Hotel zurück. In dem schmutzigen Spiegel ging sie auf Giordano zu; sie begegnete seinem gezeichneten, seraphischen Lächeln. Ohne Brille sah er fast wie ein Indio aus, dem die Stille die Nasenlöcher verschloß. Dann setzte er seine Brille auf und sah wieder wie ein Stadtmensch aus, der Tennis spielt und sich auskennt bei Artaud und den Sternen.

Er geht wie ein König und bewegt sich wie ein Tempeltänzer, sagte Sara, als sie ihn betrachtete. Darin liegt das Geheimnis Giordanos und seiner strengen Schönheit. Nur die Schönheit kann eisig sein in ihrem gezügelten Wahn. Die reine, interesselose Schönheit, deren zerstörerischer Glanz dafür um so nachhaltiger ist. Die Schönheit eines Mannes ist immer etwas Unverhofftes und Geschenktes. Niemand erwartet sie, und so gedeiht sie ganz natürlich und trifft wie ein Sprung ins kalte Wasser.

Das Hotelzimmer, das zusammengerollte Laken, die gewaltigen Säulen seiner dunklen Arme und wieder der Liebesregen, als wolle er sie begießen bis in den Rausch der Bewußtlosigkeit. Das Wunder eines dunklen Körpers, der sich so vollkommen in ihren weißen einschmiegte. Tag und Nacht. Gezwungen, ihre theatralischen Auseinandersetzungen in der Stille auszutragen, zwischen Flüssen aus Speichel und zärtlichen Blicken. Am nächsten Morgen mußte sie abreisen. Um sechs Uhr stand sie mit ihrem Geliebten auf, der lachend seine Koffer packte und sagte, daß er froh sei, wegzugehen. Giordano nahm eine Maschine nach Lima und sie mit ihrem Geliebten eine nach Montevideo.

Zu Hause angekommen, dachte Sara schon fast nicht mehr an ihn. Und dennoch wartete sie auf einen Anruf. Aber er überraschte sie. Er kam nach Rom, auf der Durchreise, von seinen Bergen, ehe er das nächste Flugzeug nach Sao Paolo nahm. Bei ihr zu Hause. Ein kleines Zimmer, von den Lichtern der Großstadt erhellt.

Fern der schlammigen Flüsse verliert seine Schönheit an Zauber. Die Brille scheint aus eher glanzlosem Metall und drückt schwer auf die Nase. Er hat etwas von einem neapolitanischen Marktschreier, lachend, mit aufgelösten Locken im Genick.

Im Winkel eines römischen Fensters betrachtete Giordano sie mit seiner eisernen Strenge und sagte: »Ab heute nur noch Postkarten.« Und die freudigen Anrufe, die plötzlichen Begegnungen in unbekannten Ländern, das Versprechen heimlicher, gestohlener Verabredungen? Nein, es tut ihm leid, aber es geht nicht, der Frau wegen, seiner selbst wegen und überhaupt.

Er trägt nicht mehr den roten Schal. Er ist nackt und wunderschön. Die Blue Jeans über den Stuhl gehängt. Noch einmal bereit, ihren Körper zu beregnen, auf die Säulenarme gestützt, inmitten strömenden Puderdufts, die Brust schmal und leicht. Doch seltsam, die Fähigkeit, sich ein ersehntes, heimliches Vergnügen zu untersagen, verblüfft Sara. Sie wundert sich über den Schmerz, den sie empfindet, als hätte sie es nicht vorausgesehen. Aber wenn sie in einen andern verliebt ist!

Es sind ihre Theaterkörper, die sich trennen: sie mit ihren aufgefädelten, peitschenden, beiläufigen Wörtern und er mit seinen schwarzen Lichtern, enthaupteten Köpfen, nächtlichen Zaubern.

Sie verabschieden sich. Sara begleitet ihn zum Aufzug. Ein letzter Kuß. Ein Blick auf die Karavelle, die mit dem Wind des Ellenbogens ins Meer sticht. Ihr scheint, daß sie ein Stück von sich darin gelassen hat. Giordano verabschiedet sich etwas ungeschickt mit der Hand und verschwindet hinter den Glastüren.

UMBERTO ECO
Nonita

Das vorliegende Manuskript ist uns vom Oberaufseher des kommunalen Gefängnisses einer piemontesischen Kleinstadt übergeben worden. Die unbestimmten Angaben, die der Mann über den mysteriösen Häftling gemacht hat, der es in seiner Zelle zurückließ, der Nebel, der das Schicksal des Verfassers umgibt, und eine gewisse allgemeine, unerklärliche Reserviertheit derer, die den Schreiber dieser Zeilen gekannt haben, lassen uns keine andere Wahl, als uns mit dem zu begnügen, was wir wissen, und in aller Bescheidenheit den erhaltenen Teil des Manuskripts (das übrige ist von Mäusen zerfressen) hier wiederzugeben, so daß sich der Leser ein Bild von dem außergewöhnlichen Schicksal dieses Umberto Umberto machen kann (doch war jener mysteriöse Häftling nicht womöglich Vladimir Nabokov, den es seltsamerweise in die piemontesischen Hügel verschlagen hatte, und zeigt dieses Manuskript nicht die Kehrseite des proteischen Immoralisten?), auf daß man diesen Seiten schließlich entnehme, was ihre verborgene Lehre ist: maskiert unter Libertinage eine Lehre von höchster Moral.

Nonita. Blume meiner Jugend, Unruhe meiner Nächte. Werde ich dich je wiedersehen? Nonita. Nonita. Nonita. Drei Silben, wie eine Negation aus Süße: No. Ni. Ta. Nonita, mögest du mir in Erinnerung bleiben, bis dein Bild Finsternis ist und dein Ort Grab.

Ich heiße Umberto Umberto. Als die Sache geschah, unterlag ich glühend dem Sieg der Jugend. Nach Aussage derer, die mich kannten (nicht derer, die mich jetzt sehen, Leser, abgemagert in dieser Zelle, während der erste Anflug eines Prophetenbartes mir die Wangen verhärtet), nach Aussage derer, die mich zu jener Zeit kannten, war ich ein strammer Ephebe mit einem Schatten von Melancholie, den ich vermutlich den meridionalen Genen eines kalabrischen Ahnen verdanke. Die Mädchen, die ich kannte, begehrten mich mit der ganzen Heftigkeit ihres blühenden Leibes und machten mich zur tellurischen Unruhe ihrer Nächte. Doch ich entsinne mich kaum jener Mädchen, denn ich war grausige Beute einer ganz anderen Leidenschaft, und meine Blicke streiften kaum ihre Wangen, wenn sie im Gegenlicht golden erglänzten von einem seidigen und transparenten Flaum.

Ich liebte, geneigter Leser, und zwar mit der Tollheit meiner eifernden Jahre, ich liebte jene, die du mit zerstreuter Fühllosigkeit »die Alten« nennen würdest. Ich begehrte aus tiefster Tiefe meiner blutjungen Fasern jene Geschöpfe, die schon gezeichnet sind von der Strenge eines unerbittlichen Alters, gebeugt vom schicksalsschweren Gewicht ihrer achtzig Jahre, grausig ausgehöhlt vom begehrenswerten Gespenst der Vergreisung. Um sie zu bezeichnen, diese der Mehrheit unbekannten Frauen, denen die schlüpfrige Indifferenz der habituellen *usagers* rescher fünfundzwanzigjähriger Friulanerinnen keine Beachtung schenkt, werde ich, Leser – auch hierin beherrscht von den Anfällen einer ungestümen Gelehrtheit, die mir jede Geste der Unschuld verwehrt –, einen Ausdruck verwenden, den für treffend zu halten ich nicht verzage: Pärzchen, *parquettes*.

Ihr, die ihr über mich richtet (*toi, hypocrite lecteur, mon semblable, mon frère*), was wißt ihr schon von der morgendlichen Jagdbeute, die sich im Sumpf dieser unserer unterirdischen Welt dem listenreichen Liebhaber kleiner Parzen bietet! Ihr, die ihr nachmittags durch die städtischen Anlagen streift auf eurer banalen Jagd nach soeben erblühten Mädchen, was wißt ihr von der verstohlenen, einsamen, grinsenden Jagd, die der Liebhaber kleiner Parzen zwischen den Parkbänken alter Gärten betreiben kann, im weihrauchgeschwängerten Dunkel der Kirchen, auf den Kieswegen stiller Friedhöfe in der Vorstadt, sonntags an den Ecken der Altersheime, vor den Toren der Nachtasyle, in den psalmodierenden Reihen der Heiligenprozessionen, bei den Wohltätigkeitsveranstaltungen, auf der Lauer in einem amourösen, überaus engen und leider erbarmungslos keuschen Hinterhalt, um aus der Nähe jene vulkanisch zerfurchten Gesichter zu sehen, jene wäßrigen, vom Star getrübten Augen, das Zittern der ausgedörrten Lippen, eingezogen in die erlesene Höhlung eines zahnlosen Mundes, zuweilen benetzt von einem schimmernden Strom ekstatischen Speichels, die knotigen Hände nervös im schlüpfrigen und provozierenden Tremolo eines unendlich langsam gebeteten Rosenkranzes!

Kann ich dir jemals, freundlicher Leser, das verzweifelte Schmachten nach jener flüchtigen Augenbeute vermitteln, das spasmische Beben bei gewissen kaum wahrnehmbaren Kontakten, eine flüchtige Ellenbogenberührung im Gedränge der Trambahn (»Pardon, Madame, wollen Sie sich nicht setzen?« Oh, satanischer Freund, wie wagtest du es, den feuchten Dankesblick anzunehmen und das knappe »Vielen Dank, junger Mann« – du, der du lieber an Ort und Stelle deine bacchantisch wüste Komödie der Besitzergreifung inszeniert hättest?), das leichte Streifen eines venerablen Knies, *strisciando* von deiner Wade berührt zwischen zwei

Sitzreihen in der nachmittäglichen Leere eines Vorstadtkinos, oder – sporadischer Augenblick engsten Kontaktes – das verhalten zärtliche Drücken des knochigen Arms einer Greisin, der du mit beflissener Pfadfindermiene über die Straße halfst!

Die Wechselfälle meines naßforschen Alters bescherten mir freilich auch andere Begegnungen. Wie ich schon sagte, ich hatte einen gewissen Charme mit meinen gebräunten Wangen und den zarten Zügen eines von morbider Virilität befallenen Mädchens. Ich ignorierte durchaus nicht die Liebe der Heranwachsenden, doch ich unterzog mich ihr wie einer Pflichtübung, um meinem Alter Genüge zu tun. Ich entsinne mich eines Abends im Mai, kurz vor Sonnenuntergang, als ich im Garten einer aristokratischen Villa – es war im Varesischen, unweit des roten Sees der sinkenden Sonne – im Schatten eines Busches mit einer entkleideten, ganz von Sommersprossen bedeckten Siebzehnjährigen lag, die sich in einem wahrhaft beängstigenden Rausch von Liebesgefühlen befand. Und gerade als ich ihr lustlos den ersehnten Merkurstab meiner schwellenden Wundertätigkeit überließ, sah ich, Leser, erriet ich gleichsam in einem Fenster der Beletage die Gestalt einer altersschwachen Amme, krumm vorgebeugt, im Begriff, sich die formlose Masse eines schwarzen Baumwollstrumpfes vom Bein zu streifen. Der plötzliche Anblick jenes geschwollenen Gliedes, gezeichnet von Krampfadern und gestreichelt vom ungeschickten Auf und Ab der alten Hände in ihrem Bemühen, das Knäuel des Strumpfes aufzurollen, erschien mir (oh, meine begehrlichen Augen!) wie ein gräßliches und beneidenswertes Phallussymbol, umschmeichelt von einer jungfräulichen Geste. Und im selben Moment, erfaßt von einer durch die Distanz noch verstärkten Ekstase, explodierte ich röchelnd in einem Erguß biologischer Einwilligung, den das Mädchen (unvorsichtiges Küken, wie ich dich haßte!) stöhnend aufnahm wie einen Tribut an den eigenen unreifen Zauber.

Hast du je begriffen, du mein törichtes Werkzeug aufgeschobener Lüste, daß du damals die Speise vom Tisch einer anderen naschtest, oder ließ die dumpfe Eitelkeit deiner unreifen Jahre mich dir als ein feuriger, unvergeßlicher, sündenfroher Komplize erscheinen? Tags darauf abgereist mit der Familie, schicktest du mir nach einer Woche eine Postkarte mit der Unterschrift »Deine alte Freundin«. Ahntest du die Wahrheit, wolltest du mir deinen Scharfblick durch den gezielten Gebrauch dieses Adjektivs enthüllen, oder war es nur der jargonhafte Ausfall einer Gymnasiastin im Krieg mit den üblichen philologisch geschraubten Brieffloskeln?

Wie starrte ich seither zitternd auf jenes Fenster, stets in der Hoffnung, die gebrechliche Silhouette einer Greisin im Bade zu sehen! Wie viele Abende saß ich halbversteckt unter Bäumen, meiner gewohnten Ausschweifung hingegeben, die Augen unverwandt auf die hinter einem Vorhang erkennbare Schattengestalt einer zarten Muhme vor einem Teller mit Brei geheftet! Und dann die fürchterliche Enttäuschung, jäh und blitzartig (*tiens donc, le salaud!*), wenn die Gestalt sich dem Trug der chinesischen Schatten entzog und am Fenster erschien als das, was sie war: eine nackte Tänzerin mit strammen Brüsten und den ambraschimmernden Hüften einer andalusischen Stute!

So verbrachte ich Monate und Jahre friedlos auf der vergeblichen Jagd nach verehrungswürdigen Pärzchen, nimmermüde einer Suche ergeben, die, ich weiß es, ihren unzerstörbaren Ursprung aus dem Augenblick meiner Geburt bezog, als eine alte, zahnlose Hebamme (Resultat der vergeblichen Suche meines Vaters, der zu jener Nachtstunde keine andere gefunden hatte als diese, die schon mit einem Fuß im Grabe stand!) mich aus dem viskosen Gefängnis des Mutterschoßes befreite und mir im Licht des Lebens ihr Gesicht offenbarte – das unsterbliche Gesicht einer *jeune parque*.

Ich suche hier keine Rechtfertigungen vor euch, die ihr mich lest (*à la guerre comme à la guerre*), doch ich möchte hier wenigstens erklären, wie schicksalhaft die Koinzidenz der Ereignisse war, die mich zu jenem Siege führte.

Das Fest, zu dem man mich eingeladen hatte, war eine schale Petting-Party von jungen Mannequins und kaum der Pubertät entwachsenen Studenten. Die geschmeidige Wollust jener willigen Mädchen, die lässige Art, wie sie im Ungestüm einer Tanzfigur ihre Brüste in offenen Blusen darboten, widerte mich an. Schon wollte ich fluchtartig jenen Ort des banalen Handelns mit noch intakten Leisten verlassen, als ein schriller, fast kreischender Ton (und finde ich je den passenden Ausdruck für die schwindelerregend hohe Frequenz, das heisere Abklingen der schon ermatteten Stimmbänder, *l'allure suprême de ce cri centenaire?*), als die bebende Klage einer uralten Frau die Versammlung in Schweigen stürzte. Und im Türrahmen sah ich sie, sah das Gesicht der fernen Parze meines pränatalen Schocks, umgeben vom wallenden Enthusiasmus der lasziv-weißen Haare, den zusammengefallenen Körper, der sich eckig unter dem Stoff der glatten schwarzen Bluse abzeichnete, die dürren, längst unerbittlich krumm gewordenen Beine, die zarte Linie ihrer verletzlichen Schenkel unter der altmodischen Schamhaftigkeit des verehrungswürdigen Rockes.

Das fade Mädchen, das uns eingeladen hatte, rang sich demonstrativ eine Geste der Höflichkeit ab, hob die Augen zum Himmel und sagte: »Meine *Nonna*« ...

Hier endet das erhaltene Manuskript. Aus den spärlichen Resten, die noch zu entziffern sind, läßt sich schließen, daß die Geschichte wie folgt weiterging. Wenige Tage später entführt Umberto Umberto die Großmutter seiner Gastgeberin und flieht mit ihr auf dem Fahrrad nach Piemont. Zunächst führt er sie in ein Heim für mittellose Senioren, wo er die Nacht mit ihr verbringt, und erfährt dabei, daß er nicht der erste in ihrem Leben ist. Bei Tagesanbruch, als er im Garten eine Zigarette raucht, wird er von einem zwielichtigen jungen Mann angesprochen, der ihn fragt, ob die Alte wirklich seine *Nonna* sei. Besorgt verläßt er das Altersheim mit Nonita und macht sich auf eine schwindelerregende Wanderschaft kreuz und quer durch Piemont. Er besucht die Weinmesse von Canelli, das Trüffelfest von Alba, nimmt teil an der Parade von Gianduja in Caglianetto, am Viehmarkt von Nizza Monferrato, an der Wahl der Schönen Müllerin in Ivrea, am Sackhüpfen auf der Kirchweih von Condove. Am Ende dieser Irrfahrt durch die Weiten des Landes bemerkt er, daß ihm seit einiger Zeit ein junger Pfadfinder auf einer Lambretta folgt, der jede Begegnung mit ihm vermeidet. An dem Tag, als er in der Ortschaft Incisa Scappacino seine Nonita zur Pediküre bringt und sie einen Moment allein läßt, um sich Zigaretten zu kaufen, findet er sich bei der Rückkehr von der Alten verlassen: Sie ist mit dem Entführer geflohen. Er verbringt einige Monate in tiefster Verzweiflung und findet schließlich die Greisin wieder, zurück aus einem Schönheitssalon, wohin sie der Verführer gebracht hatte. Ihr Gesicht ist faltenlos, ihr Haar kupferblond gefärbt, der Mund wieder voll und blühend. Angesichts dieses Verrats wird Umberto Umberto von einem Gefühl abgrundtiefen Mitleids und stiller Verzweiflung gepackt. Ohne ein Wort zu sagen, besorgt er sich eine doppelläufige Flinte und macht sich auf die Suche nach dem Unseligen. Er findet ihn auf einem Campingplatz, wo er gerade zwei Hölzchen aneinanderreibt, um Feuer zu machen. Er schießt einmal, zweimal, dreimal auf ihn, immer daneben, bis er von zwei Priestern mit schwarzen Baskenmützen und Lederjacken ergriffen wird. In flagranti ertappt, wird er zu sechs Monaten Haft wegen unbefugten Waffentragens und Jagens außerhalb der Saison verurteilt.

Autoren und Quellen

MICHELANGELO ANTONIONI wurde 1912 in Ferrara geboren, er lebt in Rom. – Wichtige Filme: *Der Schrei, Die Nacht, Die rote Wüste, Blow-up, Zabriskie Point, Identifikation einer Frau.*
Chronik einer Liebe, die es nie gab aus dem Erzählungsband *Bowling am Tiber* (1985, Verlag Klaus Wagenbach Berlin). Übertragen von Sigrid Vagt.
GESUALDO BUFALINO wurde 1920 in Comiso (Sizilien) geboren, wo er heute noch lebt. – Wichtige Werke: *Museum der Schatten, Die Lügen der Nacht, Das Pesthaus.*
Eurydikes Rückkehr aus dem Band *Der Ingenieur von Babel* (1989, Suhrkamp Verlag Frankfurt am Main). Übertragen von Maja Pflug.
ITALO CALVINO, geboren 1923 in San Remo, starb 1985 in Siena. – Wichtigste Werke: *Der Baron auf den Bäumen, Der geteilte Visconte, Der Ritter, den es nicht gab, Wenn ein Reisender in einer Winternacht, Die unsichtbaren Städte, Herr Palomar.*
Mitose aus den *Cosmicomics* (1989, Carl Hanser Verlag München). Übertragen von Burkhart Kroeber.
GIANNI CELATI wurde 1937 in Sondrio geboren und lebt in Bologna. – Wichtige Werke: *Erzähler der Ebenen, Der wahre Schein.*
Geschichte einer Rennfahrerin und ihres Verehrers aus dem Band *Erzähler der Ebenen* (1986, Verlag Klaus Wagenbach Berlin). Übertragen von Marianne Schneider.
UMBERTO ECO, geboren 1932 in Alessandria, lebt in Mailand. – Wichtige Werke: *Der Name der Rose, Über Gott und die Welt, Lector in fabula, Das Foucaultsche Pendel.*
Nonita aus dem Parodienband *Platon im Striptease-Lokal* (1990, Carl Hanser Verlag München). Übertragen von Burkhart Kroeber.
NATALIA GINZBURG, 1916 in Palermo geboren, in Turin aufgewachsen, lebt in Rom. – Wichtige Werke: *Mein Familienlexikon, Caro Michele, Die Stadt und das Haus, Die Familie Manzoni, Anton Čechov, Nie sollst Du mich befragen.*
Er und ich aus dem 1988 in der Friedenauer Presse Berlin erschienenen Band *Winter in den Abruzzen*, mit freundlicher Genehmigung des Verlages Giulio Einaudi Turin. Übertragen von Alice Vollenweider.
PRIMO LEVI wurde 1919 in Turin geboren. Überlebte Auschwitz. Starb 1987 in Turin. – Wichtige Werke: *Ist das ein Mensch?, Das periodische System, Wann, wenn nicht jetzt?, Die Atempause, Die Untergegangenen und die Geretteten.*
Lilith aus dem gleichnamigen (bei Einaudi editore, Turin, erschienenen) Erzählungsband, mit freundlicher Genehmigung des Carl Hanser Verlags München. Übertragen von Joachim Meinert.
LUIGI MALERBA, geboren 1927 in Berceto bei Parma, lebt in Rom und Orvieto. – Wichtige Werke: *Die Schlange, Der Protago-*

nist, Taschenabenteuer, Pataffio, Die nachdenklichen Hühner, Das griechische Feuer.
Eine hundertprozentig wahre Geschichte aus dem Erzählungsband *Silberkopf* (1989, Verlag Klaus Wagenbach Berlin). Übertragen von Karin Fleischanderl.
GIORGIO MANGANELLI, 1921 in Mailand geboren, starb 1990 in Rom. – Wichtige Werke: *Niederauffahrt, Unschluß, An künftige Götter, Aus der Hölle, Brautpaare und ähnliche Irrtümer, Geräusche oder Stimmen.*
Zwanzig Minuten (Titel vom Herausgeber) aus *Irrläufe. Hundert Romane in Pillenform* (1980, Verlag Klaus Wagenbach Berlin). Übertragen von Iris Schnebel-Kaschnitz.
DACIA MARAINI, geboren 1936 in Florenz, lebt in Rom. – Wichtige Bücher: *Winterschlaf; Zeit des Unbehagens; Isolina; Zug nach Helsinki.*
Der tätowierte Mann (leicht gekürzt) aus *L'uomo tatuato* (1990, Alfredo Guida editore Neapel). Übertragen von Renate Müller-Buck.
ALBERTO MORAVIA, 1907 in Rom geboren, wo er 1990 starb. – Wichtige Werke: *Die Gleichgültigen, Die Mädchen vom Tiber, La Noia, Die Römerin.*
Das Hirngespinst aus dem Erzählungsband *Das Paradies* (1975, Rowohlt Taschenbuch Verlag Reinbek). Übertragen von E.-A. Nicklas.
GOFFREDO PARISE wurde 1929 in Vicenza geboren, wo er 1986 starb. – Wichtige Werke: *Der schöne Priester, Der Padrone, Der tote Knabe und die Planeten, Arsenik.*
Cuore: Herz aus dem Buch *Fibel der Gefühle* (1988, Gustav Lübbe Verlag Bergisch-Gladbach). Übertragen von Dirk J. Blask und Christiane Engels.
ANTONIO TABUCCHI wurde 1943 in Pisa geboren und lebt in Genua und Vecchiano. – Wichtige Werke: *Piazza d'Italia, Der kleine Gatsby, Kleine Mißverständnisse ohne Bedeutung, Indisches Nachtstück, Der Rand des Horizonts.*
Die Frau von Porto Pim (zuerst im Erzählungsband *La donna di Porto Pim* bei Sellerio Editore, Palermo, erschienen) erscheint mit freundlicher Genehmigung des Carl Hanser Verlags München. Übertragen von Karin Fleischanderl.

Weiteres aus Italien

CARLO EMILIO GADDA

Vier Töchter und jede eine Königin
Mailänder Skizzen

Eine Einführung in die zarten Gefühlswelten und belebten Speckbrühen des Mailänder Bürgertums, dargeboten vom ›Vater der neuen italienischen Literatur‹.

Aus dem Italienischen von Toni Kienlechner
Quartbuch. Schwarzes Leinen. 160 Seiten

LUIGI MALERBA

Das griechische Feuer Roman

Dieser historische Kriminalroman beschreibt eine schöne, nymphomane Kaiserin, ihre Bürokraten, Kaiser, Liebhaber und eine verderbenbringende Geheimwaffe, die über das Wasser laufen kann.

Aus dem Italienischen von Iris Schnebel-Kaschnitz
Schwarzes Leinen. 220 Seiten

FRANCO SACCHETTI

Die wandernden Leuchtkäfer
Renaissancenovellen aus der Toskana

»Das Wunderliche im Gewöhnlichen und die traditionelle Kunst der Italiener sich zu ›arrangieren‹, prägen die Novellen Sacchettis. Sie sind das reichhaltigste, aufregendste Fresko des Alltagslebens in der mittelalterlichen Toskana.« Luigi Malerba

Mit einem Vorwort von Luigi Malerba
Aus dem Italienischen von Hanns Floerke
WaT 197. 320 Seiten

ROMANO BILENCHI

Anna und Bruno Erzählungen

Die Erzählungen aus der Toskana, die zu zwei größeren Gruppen zusammengestellt das Leben von Dorf- und Kleinstadtbewohnern einerseits und andererseits Städte und Tageszeiten beschreiben, handeln von Menschen, die der Autor genau kennt.

Aus dem Italienischen von Karin Fleischanderl
Quartbuch. Schwarzes Leinen. 190 Seiten

Italienische Liebesgeschichten
erschien im August 1991 als 26. *SALTO*

9.–13. Tausend November 1991

Verlag Klaus Wagenbach, Ahornstraße 4, 1000 Berlin 30
Der Einband verwendet eine
Studie zum blauen Hut von Henri Matisse

Seite zwei zeigt *Im Zeichen der Liebe*
von Urs Luethi, 1982
Gesetzt aus der Borgis Century von Wagner, Nördlingen
Gedruckt und gebunden bei Clausen & Bosse, Leck
Leinen von Hubert Herzog, Beimerstetten

ISBN 3 8031 1125 0